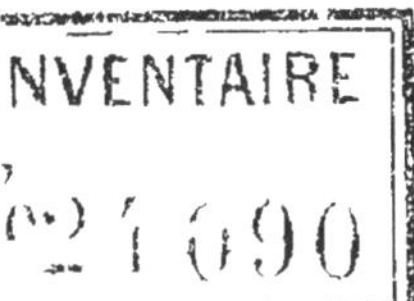

RECUEIL GRADUÉ

DE

POÉSIES

MORALES ET RELIGIEUSES.

VEUVE BERGER-LEVRAULT ET FILS, LIBRAIRES.

PARIS,
Rue des Saint-Pères, 8

STRASBOURG,
Rue des Juifs, 33

1855

RECUEIL GRADUÉ

DE

POÉSIES

MORALES ET RELIGIEUSES,

A L'USAGE DES ÉCOLES PRIMAIRES,

PAR

CH. HEINTZ ET J. J. ROTH,

Instituteurs communaux.

2.e ÉDITION.

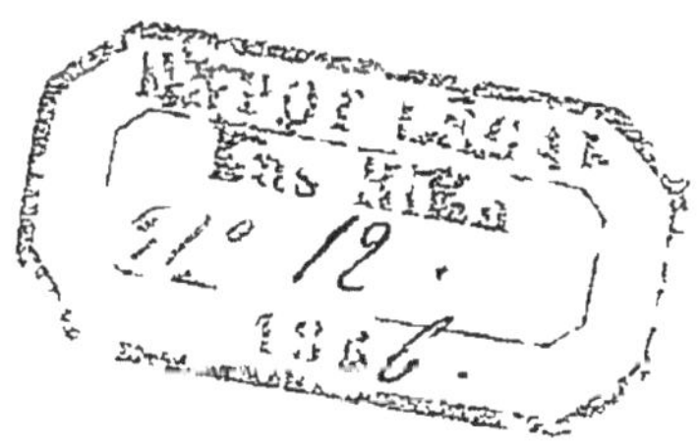

VEUVE BERGER-LEVRAULT ET FILS, LIBRAIRES.

PARIS,	STRASBOURG,
Rue des Saints-Pères, 8	Rue des Juifs, 33.

1855.

1856

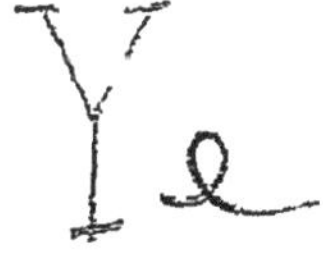

24090

STRASBOURG, imprimerie de V.ᶜ Bᴇʀɢᴇʀ-Lᴇᴠʀᴀᴜʟᴛ.

PRÉFACE.

Ce petit Recueil de poésies se distingue des
ouvrages du même genre par plusieurs points essen-
tiels. Les plus importants sont la gradation des diffi-
cultés, la nature et le choix des poésies adoptées.

Au lieu de suivre les divisions et classifications des
anthologies, notre recueil, sans avoir égard au genre
des poésies choisies, se compose d'abord de pièces
extrêmement faciles, et s'élève ensuite, par degrés
à des morceaux qui le sont moins, sans atteindre
toutefois aux régions supérieures de la poésie.

Quoique nous ayons sans cesse préféré la simplicité
des pensées et du langage à la profondeur du sens
et à la richesse du style, nous n'avons pas pu éviter
certaines expressions, certains mots peu familiers à
l'enfance. Mais les notes qui se trouvent au bas des
pages et les explications du maître éclairciront ce qui
peut paraître obscur.

Quant aux morceaux admis, on verra que tous
portent le cachet d'une morale pure et élevée, et

qu'ils peuvent exercer une salutaire influence sur le jeune âge, en gravant profondément dans l'âme des enfants le sentiment de leurs devoirs envers Dieu, envers leurs parents, envers les autres hommes et envers eux-mêmes.

Puisse ce modeste travail, qui s'adresse beaucoup plus au cœur qu'à l'esprit de ceux auxquels il est destiné, être accueilli aussi favorablement que l'ont été nos précédentes publications, et faire tout le bien que nous osons en attendre!

1. DIEU.

Quatrain de MOREL DE VINDÉ.

C'est Dieu qui fit le monde, et la terre et les cieux.
C'est lui qui nous a faits, nous sommes sous ses yeux.
C'est lui qui chaque jour soutient notre existence.
Comment payer ces dons ? Par la reconnaissance.

2. LES PARENTS.

Quatrain de CORNEILLE.

Des soins que vos parents vous donnent chaque jour
Que votre attachement soit une récompense.
Qu'ils doivent vos efforts et votre obéissance
Moins aux lois du devoir qu'à celles de l'amour.

5. LES MAITRES.

Quatrain de MOREL DE VINDÉ.

Aimez et respectez tous ces maîtres si bons,
Qui veulent bien sans cesse instruire votre enfance.
Que de peines, de soins! Ah! pour leur récompense,
Mettez bien à profit leurs utiles leçons.

4. LE TRAVAIL.

Quatrain de Fleury.

N'aimez point le plaisir avec un fol excès,
Et que l'amour du jeu jamais ne vous emporte:
Que l'ardeur du travail soit chez vous la plus forte,
Le devoir avant tout, et le plaisir après.

5. LE TEMPS.

Quatrain de Fleury.

Un an de plus sur notre tête
Nous impose un devoir de plus:
Hâtons-nous d'acquérir et talents et vertus,
Car le temps n'attend pas et jamais ne s'arrête.

6. L'ATTENTION.

Quatrain de Racine.

Veut-on que du travail la peine soit légère,
Il faut être attentif, et ne point se distraire.
Pour faire avec aisance un ouvrage parfait,
Il ne faut s'occuper que de ce que l'on fait.

7. LA PROPRETÉ.

Quatrain de Morel de Vindé.

Ce qui peut conserver le plus notre santé,
Ce qui nous sied bien mieux qu'une grande parure,
Ce qu'aisément chacun tous les jours se procure,
C'est, à tout âge, enfants, l'extrême propreté.

8. LA POLITESSE.

Quatrain de Voltaire.

La politesse est à l'esprit
Ce que la grâce est au visage ;
De la bonté du cœur elle est la douce image,
Et c'est la bonté qu'on chérit.

9. LE BAVARD.

Quatrain de Molière.

Ne vous laissez jamais aller au bavardage :
Ne parlez qu'à propos : quand on parle toujours,
On ennuie, on déplaît, et, dans son verbiage,
Pour un mot raisonnable, on tient cent sots discours.

10. LE SILENCE

Quatrain de Bonnard.

Ne parler jamais qu'a propos
Est un rare et grand avantage :
Le silence est l'esprit des sots,
Et l'une des vertus du sage.

11. LA RÉCONCILIATION.

Quatrain de Morel de Vindé.

Deux enfants, deux amis ont-ils une dispute,
J'entends dire à chacun que l'autre a commencé.
Eh bien ! que ton orgueil lui cède et s'exécute ;
De te raccommoder, toi, sois le plus pressé.

12. LA BONNE SOCIÉTÉ.

Fable morale de Bérenger.

La renoncule, un jour, dans un bouquet,
Avec l'œillet se trouva réunie.
Elle eut, le lendemain, le parfum de l'œillet.
On ne peut que gagner en bonne compagnie.

15. L'ÉCOLE.

Chanson.

Enfants de l'école,
Travaillons gaîment ;
Chaque instant s'envole ;
Profitons du temps !

Car dans la jeunesse,
Pour bien acquérir
Instruction, sagesse,
Il faut obéir !

Et pour qu'on nous aime,
Soyons bons pour tous ;
Autant que nous-mêmes,
L'un l'autre aimons-nous !

Écoutons du maître
Les sages leçons,
Qui nous font connaître
Un Dieu juste et bon.

Chérissons nos frères ;
Aimons, servons Dieu !
Au ciel, sur la terre,
Nous serons heureux.

Enfants de l'école,
Travaillons gaîment ;
Chaque instant s'envole ;
Profitons du temps !

14. L'ARAIGNÉE ET LE VER A SOIE.
Fable de Le Bailly.

L'araignée en ces mots raillait le ver à soie :
«Bon Dieu, que de lenteur dans tout ce que tu fais !
   «Vois combien peu de temps j'emploie
«A tapisser un mur d'innombrables filets.»
— «Soit, répondit le ver, mais ta toile est fragile;
   «Et puis, à quoi sert-elle? à rien.
   «Pour moi, mon travail est utile;
   «Si je fais peu, je le fais bien.»

15. LE HOUX.
Fable morale de Bressier.

Par le houx épineux un jeune enfant blessé
A son père en pleurant racontait sa disgrâce :
«Ce maudit arbrisseau, de dards tout hérissé,
«Dans ce joli bosquet devrait-il trouver place?
«A quoi cela sert-il? A piquer les passants !»
— «A donner quelquefois des leçons de prudence;
«A vous prouver, mon fils, par votre expérience,
   «Qu'il faut s'éloigner des méchants.»

16. SUR LA VENGEANCE.

Maxime de PANARD.

Si quelqu'un nous blesse et nous nuit,
Quelque grande que soit l'offense,
Laissons l'espace d'une nuit
Entre l'injure et la vengeance :
L'aurore à nos yeux rend moins noir
Le mal qu'on nous a fait la veille;
Et tel qui s'est vengé le soir,
En est fâché lorsqu'il s'éveille.

17. PRIÈRE DE L'ORPHELIN.

Poésie religieuse de Mme A. TASTU.

Où sont, mon Dieu, ceux qui devaient sur terre
Guider mes pas?
Tous les enfants ont un père, une mère !
Je n'en ai pas.
Mais votre voix murmure à mon oreille ·
«Lève les yeux !
«Pour l'orphelin un père est là qui veille
«Du haut des cieux!»

18. L'ENFANT ET SA MÈRE.

Apologue de Mme A. TASTU.

«Où va le volume d'eau
«Que roule ainsi ce ruisseau?
Dit un enfant à sa mère.
«Sur cette rive si chère
«Dont nous la voyons partir,
«La verrons-nous revenir?»

— « Non, mon fils, loin de sa source
« Ce ruisseau fuit pour toujours;
« Et cette onde, dans sa course,
« Est l'image de nos jours. »

19. LE BON EMPLOI DU TEMPS.

Poésie morale de M.me A. Tastu.

Comme la bienfaisante pluie
Féconde la terre en été,
Dieu fit, pour féconder la vie,
Le travail et l'activité.
Ne laissons point d'heure inutile :
Songeons que la paille stérile
Est foulée au pied du glaneur;
Puissent s'amasser nos journées
Comme les gerbes moissonnées
Dans le grenier du laboureur.

20. MORALITÉ.

Poésie morale de Chevreau.

Pour pécher dans l'obscurité,
Le péché que tu fais en est-il moins horrible?
Et crois-tu le cacher et le rendre invisible
Aux yeux de la Divinité?
Son esprit perce tout, jusques à nos pensées,
Et de nos actions présentes et passées
Marque le moment et le lieu.
Abominables que nous sommes!
Le mal qu'on craint de faire en présence des hommes,
Nous l'osons faire devant Dieu.

21. CONSEILS A UN ENFANT.

Poésie morale de V. Hugo.

Oh ! bien loin de la voie
Où marche le pécheur,
Chemine où Dieu t'envoie ;
Enfant ! garde ta joie ;
Lis ! garde ta blancheur.

Sois humble ! que t'importe
Le riche et le puissant !
Un souffle les emporte.
La force la plus forte
C'est un cœur innocent.

22. BONTÉ ET SAGESSE.

Maximes de Chevreau.

Ne vois le malheureux que pour le soulager ;
Ne pense à tes défauts que pour t'en corriger ;
Aux lois de l'Éternel tiens ton âme asservie ;
Et, pour un plaisir passager
Où l'ange de mort te convie,
Ne mets jamais ton salut en danger.
Corrige sans aigreur, souffre sans te venger ;
Etouffe en toi l'orgueil, la colère et l'envie ;
Et songe bien, tous les jours de ta vie,
D'où tu viens. où tu vas, et qui doit te juger.

23. L'ENFANT ET LE CHAT.

Conte de Guichard.

Tout en se promenant, un bambin déjeunait
De la galette qu'il tenait.
Attiré par l'odeur, un chat vient, le caresse,
Fait le gros dos, tourne, et vers lui se dresse:
Oh! le joli minet! et le marmot charmé
Partage avec celui dont il se croit aimé.
Mais le flatteur à peine obtient ce qu'il désire,
Qu'au loin il se retire.
«Ha! ha! ce n'est pas moi, dit l'enfant consterné
«Que tu suivais; c'était mon déjeuné.»

24. LA DILIGENCE.

Fable morale de Gaudy.

«Clic! clac! clic! Holà, gare! gare!»
La foule se rangeait
Et chacun s'écriait:
«Peste, quel tintamarre!
«Quelle poussière!... Ah! c'est un grand seigneur!
— «C'est un prince du sang. — C'est un ambassadeur!»
La voiture s'arrête; on court, et l'on s'avance:
C'était.... la diligence
Et... personne dedans.

Du bruit, du vide, amis, voilà, je pense,
Le portrait de beaucoup de gens.

25. LE PINSON ET LA PIE.

Fable de Mme DE LA FERANDIÈRE.

«Apprends-moi donc une chanson,»
Demande la bavarde pie
A l'agréable et gai pinson,
Qui chantait au printemps sur l'épine fleurie.
   — «Allez, vous vous moquez, ma mie;
«A gens de votre espèce, ah! je gagerais bien
   «Que jamais on n'apprendra rien.»
   — «Eh quoi! la raison, je te prie?»
— «Mais c'est que pour s'instruire et savoir bien chanter,
   «Il faudrait savoir écouter,
«Et babillard n'écouta de sa vie.»

26. LA VIEILLESSE.

Poésie morale de Mme A. TASTU.

Quand le soleil, de sa carrière,
Atteint le terme radieux,
Il a fertilisé la terre
Et prêté sa splendeur aux cieux.

Quand l'arbre antique se couronne,
On se souvient qu'on a goûté
Ses fruits durant plus d'un automne,
Et son ombre plus d'un été.

Le vieillard que la vertu guide
Ainsi lève un front satisfait,
Ou l'on croit lire à chaque ride
La trace du bien qu'il a fait.

27. LE CHANT DU LABOUREUR.

Chanson de N. MARTIN.

Pour chanter sa vive chanson,
L'alouette au vallon devance le poëte,
Et moi pour tracer mon sillon,
J'y devance encor l'alouette.

Je vais m'animant aux chansons,
Car j'aime cette terre où je récolte et sème,
Cette terre, par ses moissons,
Sait prouver aussi qu'elle m'aime.

Mais j'aime encor plus le Seigneur
Dont la main généreuse, ouverte sur la terre,
Nous nourrit d'un pain salutaire.....
Gloire à Dieu! paix au travailleur!

28. COMMENT SE FAIT LE PAIN.

Poésie descriptive.

De bon matin se levant,
L'agriculteur avec peine
Laboure bien tout son champ;
Puis il y sème la graine.
Ce grain qu'il a répandu,
C'est de Dieu qu'il l'a reçu.

Le grain, comme enseveli,
S'élève bientôt en herbe;
Puis un épi bien rempli
Charge une tige superbe.

Oui, le bon Dieu seulement
Lui donne l'accroissement.

En été vient la moisson ;
Les laboureurs avec joie,
Recueillent dans leur saison
Les blés que Dieu leur envoie ;
Ces blés, Dieu les a bénis ;
Son soleil les a jaunis.

Ces gerbes de beau froment,
On les serre dans la grange ;
Puis on les bat bruyamment,
Quand on a fait la vendange ;
Et l'agriculteur pieux
Bénit le maître des cieux.

Il faut nettoyer le grain,
Au moyen d'une machine ;
Puis il se change au moulin
En fine et blanche farine.
Le boulanger la pétrit,
Et dans son four il la cuit.

On en voit sortir enfin
La nourriture si bonne,
Que nous appelons du pain,
Et que le bon Dieu nous donne.
Bénissons ce Dieu d'amour,
Qui nous nourrit chaque jour.

29. PRIÈRE D'UN ENFANT.

Poésie religieuse de Mme A. Tastu.

Notre Père des cieux, Père de tout le monde,
De vos petits enfants c'est vous qui prenez soin;
Mais à tant de bontés vous voulez qu'on réponde,
Et qu'on demande aussi, dans une foi profonde,
    Les choses dont on a besoin.

Vous m'avez tout donné, la vie et la lumière,
Le blé qui fait le pain, les fleurs, qu'on aime à voir,
Et mon père et ma mère, et ma famille entière;
Moi, je n'ai rien pour vous, mon Dieu, que la prière
    Que je vous dis matin et soir.

Notre Père des cieux, bénissez ma jeunesse;
Pour mes parents, pour moi, je vous prie à genoux,
Afin qu'ils soient heureux, donnez-moi la sagesse;
Et puissent leurs enfants les contenter sans cesse,
    Pour être aimés d'eux et de vous!

30. LE TOMBEAU DE LA MÈRE.

Poésie élégiaque de N. Martin.

«Quand la froide couche de terre,
  T'enveloppa comme un manteau;
Ton fils en pleurs vint, ô ma mère!
  S'agenouiller sur ton tombeau.

«Puis sur le tertre où tu reposes,
  Au-dessus de ton front si pur,
Sa main planta deux tendres roses
  Douces comme tes yeux d'azur.

« A tes pieds il en mit deux sombres,
Symbole, hélas ! de sa douleur ;
Et, puisque ton cœur n'eut point d'ombres,
Une blanche enfin sur ton cœur. »

51. L'ÉPI DE BLÉ.

Apologue.

Un laboureur et sa jeune compagne,
Avec leur fils parcouraient la campagne,
A l'approche de la moisson ;
Ces beaux épis, qui doraient leur sillon,
Réjouissaient leur cœur d'une douce espérance.
« Ah papa ! s'écria l'enfant,
« Voilà l'épi par excellence !
« Regarde-le, comme il est grand ! »
— « Tu te trompes, mon fils, lui répondit le père ;
« Ce qu'il faut admirer, c'est cet épi si plein,
« Modestement se courbant vers la terre.
« Le fol épi, vide de grain,
« S'élève toujours d'un air leste :
« C'est l'image d'un homme vain ;
« Mais voici la vertu modeste. »

52. LA MOUCHE.

Poésie enfantine.

Vole, vole, petite mouche,
Sur mes doigts ne te pose pas ;
Car si par malheur je te touche,
Là ! je le crains, tu périras.

Un plaisir cruel
Offense le ciel;
Et l'on nous a dit,
Que Dieu l'interdit.

Ce bon Dieu, si puissant, si tendre,
Créa la mouche ainsi que moi;
De sa main elle peut attendre
La nourriture sans effroi.
Oh! que les enfants
Ne soient pas méchants!
Dieu les aimera
Et les bénira.

33. LE MATIN DES OISEAUX.

Poésie descriptive.

Quand l'aurore vermeille
A brillé dans les cieux,
Le jeune oiseau s'éveille
Et chante tout joyeux,
C'est la douce prière,
Qu'il sait offrir
A Dieu, dont la lumière
Vient nous ravir.

Secouant de son aile
Le plumage léger,
Du bec il le démèle
Et sait le nettoyer;

Sa toilette il achève
Diligemment,
Puis dans les airs s'élève
Propre et content.

54. LE PRINTEMPS.

Chanson.

Voici venir le doux printemps,
Réveil de la nature,
Qui nous ramène tous les ans
Les fleurs et la verdure.

Le fleuve n'a plus de glaçons,
Qui heurtent le rivage;
L'herbe grandit et les buissons
Se couvrent de feuillage.

Un soleil pur et radieux
Brille aux cieux sans nuage,
Et des forêts l'hôte joyeux
A repris son ramage.

Saison du plaisir, du bonheur,
Tableau de notre enfance,
Que j'aime ta verte couleur,
Symbole d'espérance!

55. L'HIVER.

Poésie descriptive.

Plus de feuillage sur la branche,
Plus d'herbe verte en nos vallons;
Sur le coteau la neige blanche,
Et sur le fleuve des glaçons.

Les jours sont courts, le ciel est sombre;
On dirait, fuyant la clarté,
Que la nature veut dans l'ombre
Cacher sa triste nudité.

Petits oiseaux, pour vous repaître,
En vain cherchez-vous quelque grain;
Accourez tous sur ma fenêtre,
Petits oiseaux, voici du pain.

Hélas! dans ce temps de détresse,
Que de malheureux vont souffrir!
A notre cœur leur voix s'adresse;
Hâtons-nous de les secourir.

56. LA VENGEANCE.

Conte.

Un jour Charlot par hasard
Se voit piqué d'une abeille,
«Attendez, dit le gaillard,
«Je vous rendrai la pareille.»

Il menace en son courroux,
De se venger tout à l'heure,
Et de sable et de cailloux
Il bombarde leur demeure.

Mais les mouches, dès l'instant,
Pour leur commune défense,
Toutes sur lui se jetant,
Punissent sa violence.

«Bon ! je n'y serai plus pris »
Dit Charlot, plein de piqûres.
«Vos aiguillons m'ont appris
«A pardonner les injures.»

57. L'ENFANT ET LES FLEURS.

Fable morale de GRENUS.

Dans une riante prairie
Un jeune enfant jouait parmi les fleurs ;
Attiré par l'éclat de leurs vives couleurs,
D'en cueillir un bouquet il lui prit fantaisie.
«Redoutez de ces bords les attraits dangereux.»
Lui dit quelqu'un du voisinage.
«Ces gazons sont remplis d'insectes venimeux.»
L'enfant n'en tient pas compte, il poursuit; à cet âge
On entend rarement raison ;
Mais en glissant sa main près d'une violette,
D'une couleuvre il sent la piqûre secrète,
Qui l'infecte de son poison.
L'enfant, que la douleur éveille,
Apprit à ses dépens qu'il en coûte parfois,
Lorsqu'aux sages avis on fait la sourde oreille,
Et que du plaisir seul on écoute la voix.

58. L'OEIL QUI VOIT TOUT.

Poésie religieuse d'A. CLAVAREAU.

L'œil qui voit tout, qui tout embrasse,
Qui des cieux lit dans notre cœur,
Y voit jusqu'à la moindre trace
Et d'allégresse et de douleur.

Pensons-y, tous tant que nous sommes,
Gardons-nous bien de l'oublier,
Et, pour Dieu comme pour les hommes,
Suivons toujours le droit sentier.

Car, enfin, quoi qu'on puisse faire,
Que ce soit le bien ou le mal,
Un jour nous ne pourrons le faire
Au pied de son grand tribunal.

Quand nous aveuglerions le monde,
Dieu pourtant observe nos pas.
Il voit tout; sa vue est profonde,
Et son œil ne se ferme pas.

59. LES DEUX ABEILLES.

Fable de Porchat.

Deux abeilles dans la prairie
Ensemble amassaient leur trésor,
L'une était déjà vieille, et l'autr jeune encor,
C'était sa première sortie.
Cependant un orage au loin se préparait.
«Partons, dit la doyenne, et gagnons notre gîte.»
L'autre lui répondit : Mon fardeau n'est pas prêt.
«Puis l'orage est si loin, et nous volons si vite !
«Attendez.»—«Non, je pars.»—«Et moi, je reste»—«Adieu!»
Notre étourdie encor s'amusait en ce lieu,
Quand soudain au bruit du tonnerre
L'orage fondit sur la terre.

L'abeille songe alors à sauver son butin.
Mais le poids du fardeau l'arrête,
Et sous les coups de la tempête
Elle tombe, et meurt en chemin.

40. LE SOIR.

Poésie religieuse de Mme A. Ségalas.

Voici le soir : enfants n'avez-vous rien à dire
Au Dieu qui vous donna vos mères et vos sœurs ?
Il écoute, il est bon, et vers lui vous attire.
Pour lui votre prière est un encens de fleurs.
Tous, qui que vous soyez, enfants de pauvres femmes,
Enfants des laboureurs, des riches, des heureux,
Priez, Dieu vous bénit, et lui, qui voit vos âmes,
Vous trouve tous pareils, comme les lis entre eux.
Priez tous, car Dieu vient à tous ceux qui l'appellent,
Innocents ou pécheurs, vers lui le front courbé,
C'est lui qui tend la main quand un homme est tombé,
Et c'est lui qui soutient les enfants qui chancellent.
Priez : pour lui porter vos prières, vos vœux,
Vos anges gardiens sont prêts, battent des ailes;
Et pour vous exaucer, cœurs simples et fidèles,
Jésus, qui fut enfant, vous écoute des cieux.

41. L'AUMONE.

Poésie morale d'A. de Latour.

Mon enfant, le matin, à l'heure du réveil,
Lorsque, par un baiser, votre mère adorée
Vous invite à bénir dans la langue sacrée
Le Dieu qui des enfants enchante le sommeil,

Pensez-vous quelquefois que sur cette humble terre,
D'autres enfants, hélas ! comme vous bons et doux,
Sur leur chevet bien froid s'éveillent avant vous,
Qui ne connaissent plus ce baiser d'une mère ?

Priez, priez pour eux ! car ils mourraient de faim
Si les petits oiseaux qui passent sous la nue,
Voyant leur abandon et leur enfance nue,
Ne laissaient sur leurs pas quelques miettes de pain.

Soyez bon, cher enfant, aimez faire l'aumône ;
Car donner, c'est au ciel s'amasser des trésors,
Jouir du bien qu'on fait, et gagner sans efforts,
Des anges et des saints l'immortelle couronne.

42. LE PERE ET L'ENFANT.

Poésie de PORCHAT.

Père, apprenez-moi, je vous prie,
Ce qu'on trouve après le coteau
Qui borne à mes yeux la prairie ?
— On trouve un espace nouveau ;
Comme ici, des bois, des campagnes,
Des hameaux, enfin, des montagnes.
— Et plus loin ?
                — D'autres monts encor.
— Après ces monts ?
                — La mer immense.
— Après la mer ?
                — Un autre bord.
— Et puis ?
                — On avance, on avance,

Et l'on va si loin, mon petit,
Si loin, toujours faisant sa ronde,
Qu'on trouve, enfin, le bout du monde
Au même lieu d'où l'on partit.

45. LE LABOUREUR ET SES ENFANTS.

Apologue de La Fontaine.

Travaillez, prenez de la peine :
C'est le fonds qui manque le moins.
Un riche laboureur, sentant sa mort prochaine,
Fit venir ses enfants, leur parla sans témoins.
«Gardez-vous, leur dit-il, de vendre l'héritage
«Que nous ont laissé nos parents :
«Un trésor est caché dedans.
«Je ne sais pas l'endroit; mais un peu de courage
«Vous le fera trouver : vous en viendrez à bout.
«Remuez votre champ dès qu'on aura fait l'août :[1]
«Creusez, fouillez, bêchez; ne laissez nulle place
«Où la main ne passe et repasse.»
Le père mort, les fils vous retournent le champ,
Deçà, dela, partout; si bien qu'au bout de l'an
Il en rapporta davantage.
D'argent, point de caché. Mais le père fut sage
De leur montrer, avant sa mort,
Que le travail est un trésor.

---

1. *Faire l'août :* faire la moisson.

44. LE PAON ET LE ROSSIGNOL.

Fable de Vitalis.

Un paon vantait son beau plumage;
Un rossignol, son joli chant :
Se louer ainsi n'est pas sage,
Mais que de gens en font autant !
Le paon, dans son orgueil extrême, .
Méprisait tout, hors la beauté;
Le rossignol, de son côté,
Mettait le chant au rang suprême.
La nuit survint fort à propos
Pour terminer cette querelle :
Le plus éclatant des oiseaux
Se perdit dans l'ombre avec elle;
Et les accents de Philomèle[1]
Acquirent des charmes nouveaux.
Tel est l'avantage ordinaire
Qu'ont sur la beauté les talents :
Ceux-ci plaisent dans tous les temps,
Et l'autre n'a qu'un temps pour plaire.

45. LE CHEVAL DE BOIS.

Poésie enfantine de M.lle A. St.

Houra, houra ! mon étalon,
Debout, fais voler ta crinière !
Tu vas sentir mon éperon,
Houra ! nous allons à la guerre !

---

1. *Philomèle :* le rossignol.

En avant, et chantons, courons !
Là, que l'ennemi nous arrive,
Et pif, paf, pouf, nous le tuons,
Comme un chasseur hier la grive.

Houra, houra ! mon étalon,
Bientôt nous chanterons victoire,
Tu portes un Napoléon :
Ha ! pour toi, pour moi, quelle gloire!

Il est temps de faire le fier
Avec ma petite sœurette :
Je suis soldat depuis hier,
J'ai le schako, j'ai l'épaulette !

Mon vif et gentil étalon,
Sur toi tout grand je me pavane,
Je tiens une croix de bonbon,
Mon fusil sera cette canne !

Houra, houra ! mon étalon,
Debout, fais voler ta crinière,
Tu vas sentir mon éperon . . . .
Houra, nous allons à la guerre !

46. L'AURORE.

Poésie religieuse.

La nuit s'enfuit : voici l'aurore
Qui nous annonce un jour riant
Son doux éclat s'étend et dore
Le bord des monts vers l'orient.

Tout se ranime et se réveille,
L'oiseau s'ébat, en fredonnant ;
La fleur s'est ouverte, et l'abeille
Déjà l'approche en bourdonnant.

J'entends la cloche du village,
Dont les sons montent vers le ciel.
Elle nous dit : Rendez hommage,
Dès le matin, à l'Éternel.

Le soleil paraît et s'élance
Comme un géant sur l'horizon,
Et darde au loin, avec puissance,
Comme un trait son premier rayon.

De quelle beauté magnifique
Tout se revêt, tout est paré !
Oui, c'est ici le saint cantique
Que la nature a préparé.

Et, qu'aujourd'hui, mon Dieu, mon Père !
Sous le regard de ton amour,
Partout les enfants de lumière,
Célèbrent ton nom, tout le jour !

47. LE PAPILLON ET LE CHOU.

Fable de LACHAMBAUDIE.

Un papillon volait, plus léger que le vent,
Du chèvrefeuille au lis, du jasmin à la rose.
Le chou, qui le nourrit avant
Sa brillante metamorphose[1],

---

1 . *Métamorphose* : changement de forme que subissent les
insectes, surtout les papillons.

«Viens mon fils, lui dit-il, un instant pose-toi
        «Sur moi...»
— «Quoi! je m'abaisserais à ceux de ton espèce,
    «O race informe, lourde, épaisse!»
Répond brutalement le rival des zéphyrs.
«Laisse-moi savourer, au gré de mes désirs,
«Les sucs les plus exquis et les fleurs les plus belles»
    A ces mots, le chou repartit :
            «Mon petit,
«Tu n'étais pas si fier quand, privé de tes ailes,
«Chenille, tu rongeais mes feuilles maternelles.
«Mais, comme toi, plus d'un, il faut en convenir,
    «Osa, pendant le sort prospère,
«Renier ses amis et rougir de son père,
«Et des bienfaits reçus perdit le souvenir.»

48. LA LOCOMOTIVE ET LE CHEVAL.

Fable de LACHAMBAUDIE.

Un cheval vit un jour sur un chemin de fer
Une machine énorme, à la gueule enflammée,
Aux mobiles ressorts, aux longs flots de fumée.
«En vain, s'écria-t-il, ô fille de l'enfer,
«En vain tu voudrais nuire a notre renommée;
«Une palme immortelle est promise à nos fronts,
«Et toi, sous le hangar, honteuse et délaissée,
«Tu pleureras ta gloire en naissant éclipsée.
«De vitesse avec moi veux-tu lutter?»—«Luttons!
«Dit la machine; enfin ta vanité me lasse.»
Elle roule, elle roule et dévore l'espace;

Il galope, il galope, et d'un sabot léger
Il soulève le sable et vole dans la plaine.
Mais il se berce, hélas! d'un espoir mensonger :
Inondé de sueur, épuisé, hors d'haleine,
Bientôt l'imprudent tombe et termine ses jours.
Et que fait sa rivale ? elle roule toujours.

La routine au progrès veut disputer l'empire;
Le progrès toujours marche, et la routine expire.

49. LES QUATRE PARTIES DU JOUR.

Poesie de Mme A. Tastu.

Le matin au soleil a rendu son empire,
Tout s'éveille et tout rit à sa fraîche clarté :
Quand, avec la lumière, il répand la beauté,
     C'est Dieu que je crois voir sourire,
     Dans sa grâce et dans sa bonté.

Midi le fait monter sur son trône de flamme;
L'œil n'en peut plus alors soutenir la splendeur,
Et je dis, accablé de sa puissante ardeur,
     C'est Dieu qui pénètre mon âme
     Du sentiment de sa grandeur.

Le soir, vers l'horizon sa course descendue
De ces sommets lointains semble chercher l'appui;
Son front découronné d'un feu plus doux a lui :
     C'est Dieu qui permet que ma vue
     Ose s'élever jusqu'à lui!

La nuit d'un crêpe noir enveloppe la terre;
Son souffle éteint du jour le radieux flambeau;
Quand le monde muet semble un vaste tombeau,
    C'est Dieu qui parle en ce mystère,
    Et nous promet un jour plus beau.

50. LA PETITE FILLE BIENFAISANTE.

Conte.

La jeune Rosine à l'école
S'en allait gaîment un matin,
Un vieillard que la faim désole,
Se présente sur son chemin.

«Oh! lui dit-il, chère petite,
«Un liard pour acheter du pain!»
Elle ouvre sa bourse bien vite ;
Mais point d'argent! Ah, quel chagrin!

Que fait Rosine! Bonne et sage
Rosine montre alors son cœur,
Prend son déjeuner, le partage
Avec l'homme dans la douleur.

«Tenez, vieillard, je vous soulage,
«Dit-elle, autant que je le peux!
«J'en voudrais avoir davantage,
«Car vous êtes bien malheureux.»

Puis elle poursuivit sa route,
L'air joyeux et le cœur content:
Tout bas elle disait sans doute :
«Comme un bienfait est doux pourtant!»

51. LES NIDS D'OISEAUX.

Poésie morale de Louisa Stappærts.

Oh ! ne déniche point les oiseaux dans tes jeux !
Les oiseaux ont de Dieu reçu leur existence;
C'est Dieu qui leur apprend, dans sa toute-puissance,
A tresser sans efforts leurs nids si gracieux.

Les oiseaux, comme nous, ressentent la souffrance;
Cher enfant, que dirait ta pauvre mère un jour,
Si de ce petit nid, où fleurit ton enfance,
Quelque méchant t'allait ravir a son amour ? ....

Ta mère pleurerait, et pleine de tristesse
Elle t'appellerait, hélas ! peut-être en vain,
Et toi, de qui la joie est toute en sa tendresse,
Et toi, que dirais-tu, Georges, le lendemain ?

Prends donc aussi pitié de la frêle famille
Qui dort sur les rameaux ou dans le vert gazon,
De ce jeune oisillon qui gazouille et sautille,
Et qui ne te craint pas, parce qu'il te croit bon.

Enfant, si dans ton cœur la charité demeure,
Le ciel te laissera ta mère à caresser,
Et ton ange viendra, de sa sainte demeure,
De rêves doux et purs chaque nuit te bercer.

52. PROTÉGE-MOI.

Poésie d'A. Favre.

Ange gardien que j'aime
Je te prie ici-bas,
Dans ma ferveur suprême
Ne m'abandonne pas;
Que ton regard sincère
Rassure encor le mien ;
Protége-moi sur terre,
O mon ange gardien !....

Comme une blanche flamme
Tu brilles dans les cieux ;
Vers toi vole mon âme,
Dans un transport pieux.
A tout je te préfère,
T'aimer fait tout mon bien :
Protége-moi sur terre,
O mon ange gardien !....

Je te donne ma vie,
A toi seul mes beaux jours !
Combien je suis ravie
En t'implorant toujours !
Dans un chaste mystère
Unis mon cœur au tien ;
Protége-moi sur terre,
O mon ange gardien !....

55. LE SOMMEIL DU PÈRE.

Poésie de Juste Olivier.

La nuit rafraîchit le feuillage,
Où le vent aime à sommeiller,
Et la fontaine du village
Est toute seule à gazouiller.
Dans une obscurité paisible
Chaque maison s'ensevelit.
Mon père a refermé la Bible.
Qu'il dorme bien! Anges, gardez son lit!

Avant le jour, quand la rosée
Sème au loin son tremblant cristal,
J'entends déjà sous ma croisée
Mon père et son pas matinal;
Mais quand midi flétrit la rose,
Brûle nos prés et les pâlit,
Mon père en silence repose :
Qu'il dorme bien! Anges, gardez son lit!

Oui, quand, inondé par l'orage,
Il revient des monts ou des bois;
Quand, fatigué du labourage,
Il sourit au bruit de nos voix;
Possesseurs des fleurs immortelles
Et des cieux, où tout s'accomplit,
Venez, et de vos blanches ailes,
Couvrez mon père! Anges, gardez son lit!

54. LE PREMIER JOUR DE L'ANNÉE.

Poésie religieuse.

Un jour, à peine on voyait la lumière,
Un jeune enfant prononçait sa prière;
Son front naïf exprimait la candeur
    Et le bonheur.

Il dit : Seigneur, d'une nouvelle année
Je vois, enfin, la première journée;
Avant l'aurore, éclairé par la foi,
    Je pense à toi.

Ta loi déjà me parle et m'intéresse;
Dans son amour fais-moi grandir sans cesse;
Je saurai tout, si, la connaissant bien,
    Je suis chrétien.

Veille, ô Seigneur, sur mon père et ma mère;
Tu sais combien leur tendresse m'est chère.
Je leur dois tant! daigne t'en souvenir
    Pour les bénir.

Pour les bénir, souviens-toi de mes frères;
A tes enfants donne des jours prospères,
Toi dont l'amour au monde consolé
    S'est révélé.

Le temps s'enfuit, je touche à la jeunesse,
Sois mon bonheur, ma force et ma sagesse;
Faible, ignorant, je compterai toujours
    Sur ton secours.

Un jour des cieux tu m'ouvriras l'entrée ;
Et recueilli dans ta gloire sacrée,
Je prendrai part aux concerts des élus
  Près de Jésus !

55. LE PETIT PIERRE.
Poésie de Boucher de Perthes.

Je suis le petit Pierre,
Du faubourg Saint-Marceau,
Messager ordinaire,
Facteur et porteur d'eau.
J'ai plus d'une ressource
Pour faire mon chemin :
Je n'emplis pas ma bourse,
Mais je gagne mon pain.

Je n'ai ni bois, ni terre,
Ni chevaux, ni laquais
Petit propriétaire,
Mon fonds est deux crochets.
Je prends comme il arrive
L'ivraie et le bon grain.
Dieu veut que chacun vive,
Et je gagne mon pain.

Contre un bel édifice
J'ai placé mon comptoir ;
Là, sans parler au suisse,[1]
On peut toujours me voir.

1. *Suisse* : portier, domestique.

Pour n'oublier personne
Je me lève matin,
Et la journée est bonne,
Quand je gagne mon pain.

Comme le disait Blaise,
Feu Blaise, mon parrain,
On est toujours à l'aise
Lorsque l'on n'a pas faim.
Dans les jours de misère
Je m'adresse au voisin;
Il a pitié de Pierre,
Et je trouve mon pain.

56. L'ENFANT ET LE MIROIR.

Fable morale de FLORIAN.

Un enfant, élevé dans un pauvre village,
Revint chez ses parents, et fut surpris d'y voir
Un miroir.
D'abord il aima son image;
Et puis par un travers bien digne d'un enfant,
Et même d'un être plus grand,
Il veut outrager ce qu'il aime,
Lui fait une grimace et le miroir la rend.
Alors son dépit est extrême;
Il lui montre un poing menaçant,
Il se voit menacé de même.
Notre marmot fâché s'en vient, en frémissant,

Battre cette image insolente ;
Il se fait mal aux mains. Sa colère en augmente ;
    Et, furieux, au désespoir,
    Le voilà devant le miroir,
    Criant, pleurant, frappant la glace.
Sa mère, qui survient, le console, l embrasse,
    Tarit ses pleurs, et doucement lui dit :
« N'as-tu pas commencé par faire la grimace
« A ce méchant enfant qui cause ton dépit ? —
« Oui. » — « Regarde à présent : tu souris, il sourit :
« Tu tends vers lui les bras ; il te les tend de même ;
« Tu n'es plus en colère ; il ne se fâche plus.
« De la société tu vois ici l'emblème :
    « Le bien, le mal nous sont rendus. »

57. LES FLEURS.

Poésie morale de L. de Jussieu.

Jeunes enfants, aimez les fleurs ;
    Les fleurs sont votre heureuse image ;
La terre s'embellit de leurs fraîches couleurs,
    Comme des grâces de votre âge ;
Leurs parfums délicats, dont les douces vapeurs
    Se promènent sur le rivage,
    Sont et l'emblème et le présage
    De l'innocence de vos cœurs.
    Elles vous offrent l'espérance
    De se changer en fruits pour vous ;
    Votre aimable et riante enfance
    Nous promet des fruits bien plus doux.

Veillez sur elles chaque jour ;
Arrosez leurs tiges croissantes,
Et protégez-les tour à tour
Contre les saisons inconstantes ;
Mais, en les cultivant avec un tendre soin,
O mes enfants, songez sans cesse
Que vous avez aussi besoin
Qu'on veille sur votre jeunesse !

58. L'HIRONDELLE.

Poésie morale de Malan.

Dis-moi, légère hirondelle,
Quand le printemps renouvelle
La parure de nos champs,
De quelles terres lointaines
Reviens-tu, jusqu'en nos plaines,
Répéter tes jolis chants ?

L'an passé, quand la verdure
Se fanait par la froidure,
Tu nous faisais tes adieux :
Mais elle vient de renaître,
Et tu viens de reparaître
Avec ton babil joyeux.

Mais, dis-moi, dans ton voyage,
Quel guide fidèle et sage

T'a conduite en ton chemin ?
Dis-moi, gentille hirondelle,
Est-ce sa voix qui t'appelle
Et t'éveille au grand matin ?

Qui te montre la contrée
Ou ta place est préparée,
Plus loin que la vaste mer ?
Qui te dit qu'en nos campagnes,
Nos hameaux et nos montagnes,
A fini le froid hiver ?

Je le sais, vive hirondelle,
C'est celui qui renouvelle
Les ouvrages de ses mains.
Oui, c'est Dieu, c'est Dieu lui-même,
C'est le monarque suprême
De la terre et des humains.

C'est aussi ce Dieu tout sage
Qui ne m'a mis qu'en passage
Comme toi dans ces bas lieux.
Le temps fuit, et sur son aile
Que guide ce Dieu fidèle,
Il m'emporte vers les cieux.

Vole donc, gaie hirondelle,
Quand la saison te rappelle,
Vole où tu vois ton bonheur.
Pour moi, loin de cette vie,
J'irai voir une patrie
Où tout doit être meilleur.

59. UNE MERE A SA FILLE.

Poésie morale de Mme Perrier.

Ma chère enfant, viens, écoute ta mère ;
De ses leçons garde le souvenir ;
De la raison si le flambeau t'éclaire,
Tu fixeras ton sort pour l'avenir.

Que la pudeur soit ta seule parure ;
Redoute l'art et la frivolité :
La vérité convient à la nature,
Le talent seul ajoute a la beauté.

Quand le matin tu vois briller la rose,
Songe qu'au soir elle n'existe plus.
Un seul moment de la beauté dispose :
Tu es toujours belle avec des vertus.

De Dieu surtout observe la loi sainte ;
Veille, ô ma fille, à ce que dans ton cœur
La piété ne soit jamais éteinte,
Puisque sans elle il n'est point de bonheur.

Puissé-je dire à mon heure dernière :
De tout péril j'ai sauvé mon enfant !
Je finirai sans regret ma carrière,
Si je te laisse heureuse en expirant.

60. UN PERE ET SES DEUX FILS.

Poésie morale de Grozelier.

Un père avait deux fils, dont l'un aimait l'étude ;
L'autre de ne rien faire avait pris l'habitude.

Même au milieu de leurs amusements,
Ce père ne cherchant en tout qu'à les instruire,
Avait grand soin de les conduire,
Au printemps, en automne. à sa maison des champs.
La, dans ses jardins domestiques,
Où brillaient les vives couleurs
D'un riche assemblage de fleurs,[1]
Il leur faisait remarquer les pratiques[2]
De l'abeille et du papillon.
«Voyez, leur disait-il, quelle application
«Apporte à son travail la diligente abeille.
«Elle ne quitte point cette rose vermeille,
«Qu'elle n'ait de son suc fait un riche butin.
«Voyez d'une autre part cè papillon volage;
«Il cajole en passant le muguet, le jasmin,
«L'œillet, l'anémone, le thym,
«Et toutes les fleurs du jardin,
«Sans en faire le moindre usage.
«Telle est la jeunesse peu sage;
«Elle vole a tous les plaisirs,
«Et passe la fleur de son âge
«Dans l'agitation de mille vains désirs.
«Imitez l'abeille constante,
«Elle fait du travail son bonheur le plus doux :
«Par cette conduite prudente.
«Elle est un modèle pour vous.»

---

1. D'un joli parterre.
2. Les habitudes, la conduite.

61. LE JEUNE RAT.

Fable de Reyre.

Un jeune rat de loin vit une souricière.
    «Ah ! voila donc, dit-il en s'arrêtant,
      «Cette machine meurtrière
      «Dont mon père me parlait tant.
«Je n'y toucherai point; je ne suis pas si bête :
«Je me contenterai seulement de la voir,
      «Et d'apprendre comme elle est faite.
    «De tout, dit-on, il faut un peu savoir.»
Vers le piége, à ces mots, l'imprudent s'achemine;
      Il rôde autour, il l'examine.
    Il aperçoit certain morceau de lard,
    Qu'un bout de fil retenait avec art.
      Il lui trouve très-bonne mine.
      Bientôt séduit par ses attraits :
«Je voudrais bien, dit-il, le voir d'un peu plus près.
    «Mais il faudrait entrer dans la machine;
«Et, selon mon papa, je ne ferais pas bien.
    «Mais pourquoi donc? Je ne toucherai rien,
      «Et dès lors, quel mal puis-je faire?»
    Sur ce propos, il entre doucement;
Il approche du lard, qui, toujours plus charmant,
L'attire toujours plus : il le fixe, il le flaire.
    Et n'osant pas tout d'abord y toucher,
      Il se hasarde a le lécher.
Mais la tentation devient toujours plus forte :
      Il y porte légèrement
        La dent.
De la ratière il fait tomber la porte :

Le malheureux se trouve pris.
Il avait cependant promis
De ne jamais toucher la machine traîtresse.
Mais quand on n'a pas soin de fuir l'occasion,
On oublie, hélas! sa promesse,
Et l'on succombe, enfin, à la tentation.

62. LES QUATRE SAISONS.

Poésie morale.

Quand vous cueillez des primevères,
En regardant l'onde s'enfuir,
Mes enfants, vous ne pensez guères
A l'hiver qui doit revenir.
Le temps s'écoule encor plus vite,
Disait le pasteur du hameau;[1]
Le cours des ans nous precipite
Vers la vieillesse et le tombeau.

De votre âge brillant emblème,
Le beau printemps a disparu;
L'été, l'automne, ont fui de même;
L'hiver à son tour est venu.
L'hiver, stérile et monotone,
N'aurait pour nous que des glaçons,
Si le printemps, l'été, l'automne,
Ne l'enrichissaient de leurs dons.

---

1. Le curé du village.

Par eux il est dans l'abondance
Des biens que la terre a produits.
Voulez-vous que votre existence
Ait toujours des fleurs et des fruits ?
Instruisez-vous, priez sans cesse ;
Du vice craignez le poison ;
Demandez à Dieu la sagesse,
Comme le jeune Salomon.

65. L'ENFANT PIEUX.

Poésie religieuse de Blondeau de Commercy.

Je ne suis qu'un enfant encore,
Mais je veux louer le Seigneur ;
D'un Dieu si bon, que tout adore,
Je veux célébrer la grandeur.
C'est lui qui donne la lumière
. A l'astre qui règle le jour ;
Et l'astre qui, la nuit, éclaire encor la terre,
Est un présent de son amour.

C'est lui qui donne la naissance
A tous ces animaux divers,
Semés avec magnificence
Dans tous les coins de l'univers.
Il a fait la baleine immense
Qui plonge dans les vastes mers ;
Le petit insecte lui doit son existence,
Comme l'aigle qui fend les airs.

Ce riant tapis de verdure
Qui pare si bien nos bosquets,
Ce zéphyr dont l'haleine pure
En rend les ombrages si frais,
Ces œillets, ces lis et ces roses
Répandant des parfums si doux,
Ces fruits délicieux ...., tant d'admirables choses,
Ce Dieu les fit toutes pour nous.

Dans mon berceau couché naguère,
Muet et privé de raison,
De ce bienfaiteur de la terre
Je ne connaissais pas le nom.
Mais ma raison commence à naître,
De mon Dieu je parle aujourd'hui ....
Ma mère en ses leçons me l'a bien fait connaître :
Je veux me consacrer à lui !

Tout le bénit dans la nature,
Tout me parle de sa bonté,
Jusqu'au ruisseau dont le murmure
Réjouit mon cœur enchanté.
Les petits oiseaux du bocage
Le chantent sur les verts rameaux :
Désormais chaque jour je joindrai mon hommage
A celui des petits oiseaux.

Dans son sein que ce Dieu m'appelle,
Aussitôt sans crainte j'irai;
A ses ordres toujours fidèle,
Qu'il commande, j'obéirai.

Si ma raison se fortifie,
Un jour bien mieux je le louerai,
Et tant qu'il daignera me conserver la vie,
Non, jamais je ne l'oublierai.

64. CORRESPONDANCE D'UN CONSCRIT.

Poésie de B. Bourniol.

Mes chers parents, ma bonne mère,
Je suis content de ma santé,
Mais le métier ne me plaît guère ;
A vous dire la vérité.
Je reste l'enfant du village,
Gardant vos conseils en mon cœur ;
Je veux, a tout prix, être sage ;
Car la vertu, c'est le bonheur.

Il me faudra bien du mérite
Pour marcher dans le droit chemin !
Dût-on m'appeler hypocrite,
Je brave le respect humain.
Prudent au choix d'un camarade
Je recherche les gens d'honneur.
Je fuis quiconque se dégrade ;
Car la vertu, c'est le bonheur.

On fait, dites-vous, la prière
Tous les soirs pour le pauvre absent ;
Merci, car loin de la chaumière
Le droit chemin est bien glissant.

Priez pour aider ma faiblesse,
Pour que, malgré le tentateur,
Je me plaise avec la sagesse,
Car la vertu, c'est le bonheur.

Priez, afin que je guérisse
D'un petit grain d'ambition
Et trouve moins dur l'exercice,
Plus courte aussi la faction ;
Demandez pour moi la vaillance,
Qui ne connût jamais la peur,
Et la paix de la conscience,
Car la vertu, c'est le bonheur.

65. LA PETITE SOEUR.

Poésie enfantine de H. BLANVALET.

Bon passant, dis-moi, je t'en prie,
N'as-tu pas vu dans la prairie,
Dans les bois ou sur le chemin,
N'as-tu pas vu mon petit frère,
Qui doit errer tout solitaire ?
O mon Dieu ! je le cherche en vain.

Sa tête est châtaine et bouclée,
Ses yeux noirs, sa main potelée,
Un tout joli petit enfant.
Si tu l'avais vu sur la route
Tu le reconnaîtrais sans doute ;
On dit qu'il me ressemble tant.

Oh ! pour lui je suis bien en peine ;
Depuis une longue semaine
Il ne jouait plus avec moi ;
Et quand j'en demandais la cause,
On me répondait : Il repose ;
Et je ne savais pas pourquoi.

Un jour j'allais dans sa chambrette ;
Je le trouvai sur sa couchette
Aussi blanc que son oreiller,
Que son oreiller à dentelle ;
Je l'appelai comme on l'appelle,
Mais je ne pus le réveiller.

Je me glissais jusqu'à sa couche,
Et je l'embrassai sur sa bouche,
En m'avançant dessus le bord ;
Mais malgré toutes mes prières,
Il n'entr'ouvrit point les paupières ...
Il fallait qu'il dormît bien fort.

Il etait joli comme un ange :
Il avait mis sa robe à frange,
Qu'il met quand il va promener ;
Son beau tablier de percale
Et les bottines jaune pâle
Que l'on venait de lui donner.

Plus tard j'aperçus en grand nombre
Des hommes au visage sombre,

Portant quelque chose de noir
Ils sortaient de notre demeure ;
Et depuis lors ma mère pleure
Depuis le matin jusqu'au soir.

Et je n'ai pu revoir mon frère ;
Je l'ai cherché dans le parterre,
Dans les jardins et dans les cours,
Partout où nous jouions ensemble,
Sous le grand chêne, sous le tremble ....
Tu vois, je le cherche toujours.

J'ai cru qu'il courait dans ces plaines,
Qu'une fois je vis toutes pleines
De fleurs que nos jardins n'ont pas,
Et de papillons dont les ailes
Brillaient comme des étincelles ;
Et j'ai voulu suivre ses pas.

Mais vois, partout dans les prairies,
Les pauvres fleurs se sont flétries ;
Les papillons, avec effroi,
Ont fui pour éviter la bise ;
Partout la terre semble grise,
Ne sens-tu pas comme il fait froid ?

Oh ! dans quelque forêt bien sombre
Mon frère s'est perdu dans l'ombre ;
Je suis sûre qu'il a bien peur,
Qu'il a bien froid, qu'il pleure, crie,
Ou qu'à genoux peut-être il prie
Le bon Dieu d'appeler sa sœur.

Il faut que je trouve sa trace,
Je ne suis point encore lasse,
Et Dieu doit l'avoir entendu ;
Ma mère serait tant heureuse,
Quand je ramènerais, joyeuse,
Son tout petit enfant perdu !

Oh ! dis-moi, dis-moi, je t'en prie,
N'as-tu point vu dans la prairie,
Dans les bois ou sur le chemin,
N'as-tu point vu mon petit frère,
Qui doit errer tout solitaire ?
O mon Dieu ! je le cherche en vain.

66. LA NUIT.

Poésie morale.

Au vallon tout est sombre ;
Pour faire place a l'ombre,
Déja le jour s'enfuit ;
Les oiseaux sous l'ombrage
Ont cessé leur ramage :
   Voici la nuit.

Rentrons dans la chaumière !
De notre bonne mère
La lampe déja luit.
Elle attend sa famille
Près du foyer qui brille :
   Voici la nuit !

Donne ta main, mon frère !
Le long de la clairière,
Nous marcherons sans bruit.
Cette belle journée
S'est trop vite écoulée :
   Voici la nuit !

Bientôt notre bon père
Nous fera la prière ;
Prions bien avec lui !
Le sommeil salutaire
Fermera ma paupière :
   Viens, douce nuit !

67. L'ENFANT DU SOLDAT.

Poésie lyrique.

Je n'ai plus d'appui sur la terre,
Je suis errant, abandonné :
Mon seul espoir était mon père,
Et les combats l'ont moissonné ![1]
Mais avec orgueil je m'écrie :
Il tomba fidèle et vaillant !
Ah ! secourez le pauvre enfant
Du soldat mort pour sa patrie !

Au malheur son destin me livre,
Et j'implore en vain la pitié ;
Quand le brave a cessé de vivre,
Serait-il si tôt oublié ?

---

1. Tué.

Songez, vous que ma voix supplie,
Qu'il mourut en vous défendant,
Ah ! secourez le pauvre enfant
Du soldat mort pour sa patrie !

Voilà cette étoile éclatante [1]
Que je vis briller sur son sein :
Faudra-t-il d'une main tremblante
La vendre pour avoir du pain ?
« Garde qu'elle ne soit flétrie ! »
Me disait-il en expirant ....
Ah ! secourez le pauvre enfant
Du soldat mort pour sa patrie !

Déjà mon jeune cœur tressaille,
Quand je vois flotter nos drapeaux,
Au seul récit d'une bataille,
Je me sens le fils d'un héros :
Je l'espère, ô France chérie !
Un jour je t'offrirai mon sang ....
Ah ! secourez le pauvre enfant
Du soldat mort pour sa patrie !

68. LA BAGUE.

Conte de GUICHARD.

Un honnête et vertueux père
Voulut de ses trois fils sonder le caractère.

---

1. La croix de la Légion d'honneur.

«Cette bague, dit-il, je l'ai vu maintes fois,
«Vous a tentés : elle est à celui de vous trois
Qui dans sa vie a fait l'action la plus belle.
«Ça, j'écoute, ne redoutez rien :
«Dans ce combat où mon cœur vous appelle,
«Votre juge, mes fils, sera l'amour du bien.»
L'aîné commence ainsi : «J'eus toute la fortune
«D'un étranger, je l'eus toute chez moi.
«Il n'en existait preuve aucune :[1]
«J'ai rendu ce dépôt; est-ce avoir de la foi?»—
«Qui n'en a point devrait mourir de honte.
«La probité n'est qu'un devoir;
«Il est mal de s'en prévaloir,
«Passons.» — Le second fils raconte
Qu'un enfant, avec un roseau
Jouant au bord d'un lac, était tombé dans l'eau;
«Il se noyait, je cours, je l'en retire,
«Plus d'un témoin peut vous le dire.»—
«Vous me les produiriez, répond le père, en vain.
«Est-ce être généreux? Non; ce n'est qu'être humain.
«Ma bague me resterait-elle?
«J'en aurais, je vous jure, une peine mortelle.»—
«J'ai la douleur d'avoir un ennemi,»
Récite le dernier : «je le vois endormi
«Sur le penchant d'un précipice;
«Le moindre mouvement eût fini ses destins :[2]
«Tout mon corps frissonne, je crains
«Qu'en s'éveillant il ne périsse;

---

1. Aucun témoin; aucune preuve écrite.
2. Ses jours, sa vie.

«Je m'approche sans bruit, le soulève-avec soin ;
«Je fus assez heureux pour le poser plus loin.» —
«Ah ! s'écria le père, en pleurant de tendresse,
«La bague est bien à toi : c'est là de la noblesse.»

69. LE MATIN.

Poésie morale de L. DE JUSSIEU.

L'ombre commence a replier ses voiles,[1]
  L'air est frais et le ciel est pur ;
On voit encor briller quelques étoiles
  Qui vont s'effacer dans l'azur.[2]

Tandis que par degrés l'orient se colore,
  Tout se réveille sous les cieux ;
Et les petits oiseaux ont, par leurs chants joyeux,
  Salué la nouvelle aurore.

  Que j'aime sa douce clarté !
  Que j'aime à voir le jour renaître,
Et le soleil se lever et paraître
  Dans sa gloire et sa majesté !

  Salut, ô féconde lumière,
  Astre éclatant, noble flambeau !
Combien le Dieu qui traça ta carrière
  Doit être grand, majestueux et beau !

---

1. Les ténèbres, l'obscurité de la nuit.
2. L'air ou le ciel bleu.

Car tu n'es que sa créature;
Tu sembles, ô soleil, te promener en roi,
Et commander à la nature;
Mais celui qui t'a fait est plus brillant que toi.

Gloire, amour et reconnaissance
A ce Dieu de bonté qui, dans mon cœur pieux,
Mit un flambeau divin[1] pour guider mon enfance,
Comme il fit un soleil pour éclairer les cieux!

C'est ce flambeau sacré qui, chaque matinée,
Vient luire sur mon âme, et, marquant mon devoir,
Règle l'emploi de ma journée,
Pour que je sois content le soir.

Puisse jamais aucun nuage
N'obscurcir dans mon sein sa féconde clarté!
Et puisse-t-il mûrir ma sagesse avec l'âge,
Comme l'autre soleil mûrit les fruits d'été!...

Mais voilà que, dans la vallée,
J'entends les chants du laboureur;
Une heure à méditer déjà s'est écoulée....
Allons par mon travail honorer le Seigneur.

70. LA PETITE MENDIANTE.
Romance de Boucher de Perthes.

C'est la petite mendiante
Qui vous demande un peu de pain;
Donnez a la pauvre innocente,
Donnez, donnez, car elle a faim.

---

1. La voix intérieure, la conscience.

Ne rejetez point ma prière;
Votre cœur vous dira pourquoi :
J'ai six ans, je n'ai plus de mère,
J'ai faim, ayez pitié de moi.

Hier, c'était fête au village,
A moi personne n'a songé.
Chacun dansait sous le feuillage,
Hélas ! et je n'ai pas mangé.
Pardonnez-moi, si je demande,
Je ne demande que du pain,
Du pain, je ne suis pas gourmande,
Ah ! ne me grondez pas, j'ai faim.

N'allez pas croire que j'ignore
Que dans ce monde il faut souffrir;
Mais je suis si petite encore,
Ah ! ne me laissez pas mourir.
Donnez à la pauvre petite,
Et pour vous comme elle priera !
Elle a faim; donnez, donnez vite,
Donnez, quelqu'un vous le rendra.

Si ma plainte vous importune,
Eh bien ! je vais rire et chanter;
De l'aspect de mon infortune
Je ne dois pas vous attrister.
Quand je pleure, l'on me rejette,
Chacun me dit : Éloigne-toi.
Écoutez donc ma chansonnette,
Je chante, ayez pitié de moi.

71. L'OREILLER D'UN ENFANT.

Poésie de Mme DESBORDES VALMORE.

Cher petit oreiller, doux et chaud sous ma tête,
Plein de plume choisie, et blanc! et fait pour moi!
Quand on a peur du vent, des loups, de la tempête
Cher petit oreiller, que je dors bien sur toi.

Beaucoup, beaucoup d'enfants pauvres et nus, sans mère,
Sans maison, n'ont jamais d'oreiller pour dormir;
Ils ont toujours sommeil. O destinée amère!
Maman! douce maman! cela me fait gémir.

Et quand j'ai prié Dieu pour tous ces petits anges
Qui n'ont pas d'oreiller, moi, j'embrasse le mien,
Seule, dans mon lit, qu'à tes pieds tu m'arranges,
Je te bénis, ma mère, et je touche le tien.

Je ne m'éveillerai qu'à la lueur première
De l'aube, au rideau bleu : c'est si gai de la voir!
Je vais dire tout bas ma plus tendre prière;
Donne encore un baiser, douce maman; bonsoir!

PRIÈRE.

Dieu des enfants! le cœur d'une petite fille,
Plein de prière, écoute, est ici sous mes mains;
On me parle toujours d'orphelins sans famille!
Dans l'avenir, mon Dieu, ne fais plus d'orphelins!

Laisse descendre au soir un ange qui pardonne,
Pour répondre à des voix que l'on entend gémir;
Mets, sous l'enfant perdu que la mère abandonne,
Un petit oreiller qui le fera dormir!

72. LA CLOCHE.

Poésie de C. Hébrard.

Doux instrument de la prière,
Aux sons lugubres ou joyeux,
Hôte de la flèche légère
   Qui monte vers les cieux ;
O cloche ! douce voix que j'aime,
Circule et roule dans les airs ;
Toi qui chantas pour mon baptème,
   Poursuis tes saints concerts.

Verse à longs flots ton harmonie
Sur les cités et le hameau,
Pleure le juste a l'agonie,
   Chante sur le berceau.
Prends part à nos trop courtes fêtes
Comme à nos instants de douleur ;
Résonne, et fais lever nos têtes
   Vers un monde meilleur.

Et que nos âmes suspendues
Tout près du ciel, ainsi que toi,
De toutes parts soient entendues
   Chantant l'hymne de foi !
Que par les anges balancées,
Elles réveillent chaque jour
L'écho des sublimes pensées
   Au terrestre séjour.

Puis, quand je quitterai la terre,
Appelle à suivre mon convoi
Tous ceux dont l'amitié m'est chère,
Pour qu'ils pensent à moi.
Et lorsque la mort trop active
Pour d'autres te fera gémir,
Que ta voix lugubre et plaintive
Me vaille un souvenir.

Doux instrument de la prière,
Aux sons lugubres ou joyeux,
Hôte de la flèche légère
Qui monte vers les cieux:
O cloche! douce voix que j'aime,
Circule et roule dans les airs;
Toi, qui chantas pour mon baptème,
Poursuis tes saints concerts.

75. L'ENFANT ET LA RAQUETTE.
Fable morale de CLÉMENT.

Un enfant joli comme un cœur,
Et pour l'étude plein d'ardeur,
Savait son catéchisme et commençait à lire.
Il est inutile de dire
Que de sa mère il était le bijou,
Et que, sans le gâter, son père en était fou.
Trop s'appliquer nuit à l'enfance;
Il lui faut de l'amusement :
La mère le sentit. On achète un volant,
On le donne au petit comme une récompense
Du devoir fait diligemment.

L'enfant, armé de sa raquette,
Ne s'occupe plus que du jeu ;
Pour son volant il est tout feu ;
Dix fois par jour, en public, en cachette,
Il s'exerce ; c'est la son unique amusette.
De catéchisme, point ; de lecture, très-peu ;
Et tout allait si mal qu'enfin la chère bonne
Va dire à la maman que le petit garçon,
Au lieu d'apprendre sa leçon,
Malgré sa remontrance, au jeu seul s'abandonne.
La mère fait venir l'enfant,
Lui reproche ses torts, et reprend le volant :
«Mon fils, je veux bien qu'on s'amuse ;
«Mais, quand de mes bontés je vois que l'on abuse,
«Je sais comment il faut punir :
«Du volant enlevé perdez le souvenir.
«Croyez-vous qu'en jouant s'acquière la science ?
«Je ne saurais, mon fils, trop vous le répéter :
«Le jeu pour les enfants est une récompense,
«Et c'est par le travail qu'on doit la mériter.»
Le petit, mis en pénitence,
Prouve, les yeux en pleurs, le cœur plein de soupirs,
Que souvent nos chagrins naissent de nos plaisirs.

74. A UNE PETITE FILLE MOURANTE.

Poésie élégiaque de Cavé.

Cesse tes pleurs, pauvre petite,
Tout doucement ferme les yeux ;
Ce soir tu vas être conduite
Par un bel ange dans les cieux.

Cette grande lune argentée,
Que tu demandas tant de fois,
Et qu'au sein de l'onde agitée
Tu voulais fixer sous tes doigts,

Tu l'auras; le soleil encore!
De tes deux mains tu toucheras
L'or radieux qui le décore,
Plus doux a tes yeux délicats.

Les étoiles que la nuit sombre
Allume sous un ciel serein,
Ne te cacheront plus leur nombre,
Qu'ici-bas tu cherchais en vain.

Bienheureuse enfant, qui s'envole
Dans des jardins délicieux,
Où jamais l'heure de l'ecole
Ne vient interrompre les jeux!

Là, chaque jour est un dimanche,
Qui ramène un nouveau plaisir;
Là, sans souiller ta robe blanche,
Tu pourras jouer et courir.

Quelle riante bienvenue!
Ta place est auprès du Seigneur;
Mille beaux anges à ta vue
Vont s'ecrier : c'est notre sœur!

Et puis la mère de ta mère
Dont tu reconnais le baiser!
Et puis encor ton vieux grand-père,
Et ses deux genoux pour danser!

Déjà d'une auréole sainte
Ton front, plus pâle, s'embellit,
Ainsi que cette vierge peinte
Que tu vois au chevet du lit.

Le bon Dieu te fera deux ailes
Qui porteront ton corps léger;
Et, rivale des hirondelles,
Dans l'air tu pourras voltiger.

Oh! qu'un vol heureux te ramène
Quelquefois vers ta mère en pleurs.
Qui reste ici, malgré sa peine,
Pour nourrir tes deux jeunes sœurs!

Tu pars! adieu, pauvre petite!
Tout doucement ferme les yeux;
Ce soir tu vas être conduite
Par un bel ange dans les cieux.

75 LES FLEURS QUE J'AIME.

Poésie de Mme L. Collet.

Fleurs arrosées
Par les rosées
Du mois de mai,
Que je vous aime,
Vous que parsème
L'air embaumé!

Par vos guirlandes
Les champs, les landes

Sont diaprés;
La marguerite
Modeste habite
Au bord des prés.

Le bluet jette
Sa frêle aigrette
Dans la moisson;
Et sur les roches
Pendent les cloches
Du liseron.

Le chèvrefeuille
Mêle sa feuille
Au blanc jasmin,
Et l'églantine
Plie et s'incline
Sur le chemin.

Coupe d'opale,
Sur l'eau s'étale
Le nénuphar;
La nonpareille
Offre à l'abeille
Son doux nectar

Sur la verveine
Le noir phalène[1]

---

1. Papillon de nuit.

Vient reposer;
La sensitive
Se meurt craintive
Sous un baiser.

De la pervenche
La fleur se penche
Sur le cyprès ;
L'onde qui glisse
Voit le narcisse
Fleurir tout près.

Fleurs arrosées
Par les rosées
Du mois de mai,
Que je vous aime,
Vous que parsème
L'air embaumé.

76. LE PRINTEMPS DU PAUVRE ENFANT

Poésie de L. de Jussieu.

Oh ! comme l'hiver était dur !
Combien j'ai vu souffrir ma courageuse mère !
Combien j'ai déploré, dans notre asile obscur,
Mon impuissance et sa misère !

Cependant nous avons vécu,
Nous avons traversé cette saison terrible ;
Une Providence visible
A nos pressants besoins chaque jour a pourvu.

Et voici, maintenant qu'a cessé la froidure,
Voici revenir le printemps,
Et la douce chaleur, et la fraîche verdure;
Nouveaux bienfaits de Dieu pour les pauvres enfants.

Soleil, dont la chaleur doucement me pénètre,
Que tu me fais plaisir, que tu nous fais de bien!
Près de sa petite fenêtre,
Maman va se chauffer sans qu'il en coûte rien.

Tes rayons sont pour tout le monde,
Tu n'exiges nul prix pour tes nombreux bienfaits,
Et tu verses les feux de ta clarté féconde
Sur la cabane et le palais.

La commune fontaine, ouverte à l'indigence,
Ne présentera plus ses arides glaçons;
Librement nous y puiserons
Cette eau, premier besoin qu'ignore l'opulence.

Que ce printemps nouveau nous promet de douceurs!
Que j'aime ce naissant feuillage!
Le pauvre se console en dormant sous l'ombrage,
Bercé par le zéphyr que parfument les fleurs.

Et voici, près de ma croisée,
Les bons petits oiseaux qui vont faire leurs nids;
Ils ne me fuiront pas, car, la saison passée,
Alors qu'ils avaient faim, mon pain les a nourris.

Il faut si peu pour satisfaire
Aux modestes besoins du petit passereau !
Tout pauvre que je suis, hélas ! dans ma misère,
J'avais encor de quoi secourir un oiseau.

Que grâce en soit rendue au Dieu de la nature,
        Qui veille sur tous ses enfants ;
        Au Dieu qui donne la pâture
A l'insecte, au lion, aux faibles, aux puissants !

        Dieu, qui m'as conservé ma mère,
Dieu, qui m'as exaucé lorsque je t'ai prié ;
Quand tu rends le printemps aux pauvres de la terre,
        Que ton nom soit glorifié !

77. L'AUTOMNE.

Poésie morale de MALAN.

Voici le riche automne,
Où le bon Dieu nous donne
Tous les fruits les plus beaux.
La grappe s'est mûrie,
Et la pomme rougie
Pend à mille rameaux.

Leur feuille s'est dorée,
Et la terre est parée
Des plus vives couleurs ;
Et, dans le fond des plaines,
Les montagnes lointaines
Sont comme des vapeurs.

Les troupeaux des montagnes,
Descendus aux campagnes,

Y paissent lentement ;
Tandis que la charrue
Avec effort remue
Le sillon qu'elle fend.

Sur l'eau du lac tranquille
Glisse la barque agile
Du robuste pêcheur ;
Et parmi la bruyère
Fuit la perdrix légère,
Que poursuit le chasseur.

Le fléau, qu'on balance,
Retombant en cadence,
Frappe et foule le grain ;
Et Dieu, toujours fidèle,
De sa main paternelle
Nous donne notre pain.

C'est aussi sa puissance
Qui garde la semence
Qu'on a mise au sillon ;
Tandis que sur la haie
Il fait croître la baie
Qui nourrit l'oisillon.

Ainsi notre bon Père
Féconde cette terre,
Et comble tous nos vœux !
Mais qu'est cette richesse
Au prix de l'allégresse
Qu'il nous prépare aux cieux !

78. LA VIOLETTE.

Poésie d'A. P. Boieldieu.

Premier présent que la nature
Nous offre au retour du printemps,
Tes attraits simples et touchants
Viennent émailler la verdure.
  Ton obscurité,
  Douce violette !
  Mon cœur la regrette,
Mon cœur trop longtemps agité.

Heureux qui peut cacher sa vie
Loin du faste et de la grandeur,
Et dont le tranquille bonheur
N'a jamais excité l'envie !
  A l'ambition
  Loin d'être accessible,
  Son âme paisible
N'en connait point l'illusion.

Laisse les vaines sœurs prétendre
A briller au sein du vallon ;
Timide, sous l'humble buisson,
Tu plais bien mieux a l'âme tendre.
  La simplicite
  C'est la ton partage,
  Tu plais davantage
Par elle que par la beauté.

79. LA PAUVRE FILLE.

Élégie d'A. Soumet.

J'ai fui ce penible sommeil
Qu'aucun songe heureux n'accompagne ;
J'ai devancé sur la montagne
Les premiers rayons du soleil.

S'éveillant avec la nature,
Le jeune oiseau chantait sur l'aubépine en fleurs ;
Sa mère lui portait la douce nourriture ;
Mes yeux se sont mouillés de pleurs !

Oh ! pourquoi n'ai-je pas de mère ?
Pourquoi ne suis-je pas semblable au jeune oiseau
Dont le nid se balance aux branches de l'ormeau ?
Rien ne m'appartient sur la terre.
Je n'eus pas même de berceau,
Et je suis un enfant trouvé sur une pierre
Devant l'église du hameau.

Loin de mes parents exilée,
De leurs embrassements j'ignore la douceur,
Et les enfants de la vallée
Ne m'appellent jamais leur sœur !
Je ne partage point les jeux de la veillée.
Jamais sous un toit de feuillée
Le joyeux laboureur ne m'invite à m'asseoir ;
Et de loin je vois sa famille,
Autour du sarment qui pétille,
Chercher sur ses genoux les caresses du soir.

Vers la chapelle hospitalière
En pleurant j'adresse mes pas,
La seule demeure ici-bas
Où je ne sois point étrangère,
La seule devant moi qui ne se ferme pas !

Souvent je contemple la pierre
Où commencèrent mes douleurs :
J'y cherche la trace des pleurs
Qu'en m'y laissant, peut-être, y répandit ma mère !

Souvent aussi mes pas errants
Parcourent des tombeaux l'asile solitaire ;
Mais pour moi les tombeaux sont tous indifférents,
La pauvre fille est sans parents
Au milieu des cercueils ainsi que sur la terre !

J'ai pleuré quatorze printemps
Loin des bras qui m'ont repoussée :
Reviens, ma mère, je t'attends
Sur la pierre où tu m'as laissée !

80. SOUPIR A DIEU.

Poésie religieuse de Mlle A. Sr.

Mon Dieu, c'est en toi que j'espère,
Toi, l'Être en qui tout vit,
Du monde la joie éphémère,
Ah ! plus rien ne me dit !

Toi seul, ô mon souverain maître,
Toi seul avec ta croix,
C'est toi seul que je veux connaître,
N'ecouter que ta voix !

Toujours, partout je veux te suivre,
Dans la joie et dans la douleur :
C'est toi seul qui me dis de vivre,
C'est en toi seul qu'est mon bonheur !

Lorsque, sous la croix étendue,
J'embrasse ta divine main,
Ah! chaque larme répandue,
Tu la recueilles en ton sein !

De te connaître, quel délice !
De t'aimer, quel bonheur !
Non, amer n'est aucun calice,
Dans ta main, ô Seigneur !

81. CONSEILS D'UN PÈRE MOURANT A SES ENFANTS.

Poésie morale.

Approchez, mes enfants, objets de ma tendresse ;
Embrassez votre père, et de sa faible voix
Recevez les conseils que son cœur vous adresse,
Hélas ! pour la dernière fois.

Je me meurs : vers la tombe un mal cruel m'entraîne.
Je souscris, sans murmure, aux célestes décrets ;
Biens, honneurs et plaisirs, je quitte tout sans peine ;
Vous seuls excitez mes regrets.

Adorez, aimez Dieu : sa bonté tutélaire,
Mieux que je n'aurais fait, réglera vos destins.
Devenez ses enfants : si vous l'avez pour père,
Vous ne serez point orphelins.

Chérissez la vertu, cultivez la science,
Ne cherchez les honneurs ; fuyez la volupté ;
Et, de vos revenus soulageant l'indigence,
    Amassez pour l'éternité.

N'ambitionnez pas l'orgueilleuse opulence ;
Le bonheur ne gît point au fond des coffres-forts.
La pieuse vertu, la sage tempérance,
    Voila quels sont les vrais trésors.

Du mensonge jamais ne souillez votre bouche,
Et de la médisance abhorrez les attraits.
Détestez les conseils de la haine farouche,
    Et vengez-vous par des bienfaits.

Soyez humbles, mes fils ; ma fille sois modeste,
Crois que la vanité de l'honneur est l'écueil. [1]
De nous et de nos traits veux-tu voir ce qui reste ?
    Ose, un jour, ouvrir mon cercueil.

Je touche au terme heureux d'un périlleux voyage.
J'ai peu goûté la vie, et je crains peu la mort.
Plus a plaindre que moi, vous quittez le rivage,
    Tandis que je surgis au port.

Mais je sens que ma voix sur mes lèvres expire ....
Adieu, mes chers enfants : vivez, vivez heureux.
Mon cœur mourant, ce cœur que la douleur déchire,
    Pour vous forme encore des vœux.

---

1. La vanité est l'ecueil de l'honneur.

Daigne le Tout-Puissant bénir vos destinées,
Vous garder le cœur pur, l'esprit bon, le corps sain,
Aux jours qu'il vous réserve ajouter mes années,
    Et nous réunir dans son sein !

82. L'ANNIVERSAIRE.
Poésie élégiaque de Millevoye.

Hélas ! après dix ans je revois la journée
Où l'âme de mon père aux cieux est retournée.
L'heure sonne ; j'écoute .... O regrets ! ô douleurs !
Quand cette heure eut sonné, je n'avais plus de père
On retenait mes pas loin du lit funéraire ;
On me disait : «il dort ;» et je versais des pleurs.
Mais du temple voisin quand la cloche sacrée
Annonça qu'un mortel avait quitté le jour,
Chaque son retentit dans mon âme navrée,
        Et je crus mourir a mon tour.
Tout ce qui m'entourait me racontait ma perte :
Quand la nuit dans les airs jeta son crêpe noir,
Mon père à ses côtés ne me fit plus asseoir,
Et j'attendis en vain à sa place déserte
Une tendre caresse et le baiser du soir.
        Je voyais l'ombre auguste et chère
        M'apparaître toutes les nuits ;
        Inconsolable en mes ennuis,
Je pleurais tous les jours, même auprès de ma mère.
Ce long regret, dix ans ne l'ont point adouci ;
Je ne puis voir un fils dans les bras de son père
Sans dire en soupirant : «J'avais un père aussi !»
Son image est toujours présente a ma tendresse.

Ah ! quand le pâle automne aura jauni les bois,
O mon père ! je veux promener ma tristesse
Aux lieux où je te vis pour la dernière fois.
Sur ces bords que la Somme arrose
J'irai chercher l'asile où ta cendre repose ;
J'irai d'une modeste fleur
Orner ta tombe respectée,
Et, sur la pierre encor de larmes humectée,
Redire ce chant de douleur.

85. LA PRIÈRE.

Poésie religieuse de L. DE JUSSIEU.

Heureux celui qui sait prier !
Heureux celui dont la jeune âme,
Brûlant d'une céleste flamme,
S'élève vers son Dieu pour le glorifier !

Quand l'astre du matin ramène la lumière,
J'admire son éclat, je bénis son retour,
Et, le front incliné, j'adresse ma prière
Au créateur du jour.

Lorsque l'ombre descend du sommet des montagnes,
Quand le doux astre qui la suit
D'un bleuâtre reflet colore nos campagnes,
J'adore l'auteur de la nuit.

Qu'il est grand, qu'il est bon, le Dieu qui fit le monde,
Le Dieu qui fut mon créateur,
Qui daigne parler a mon cœur
Et permet que je lui réponde !

De quels maux puis-je être accablé,
Lorsque je sens qu'il entend ma prière ?
Est-il quelque douleur amère
Dont, en priant, je ne sois consolé ?

Quels plaisirs pourraient me séduire,
S'ils offensaient ce Dieu si bon ?
Avec un cœur rebelle à son divin empire,
Oserais-je invoquer son nom ?

Oh ! oui, je l'oserais encore !
Ses bras sont ceux d'un père, ouverts au repentir,
Et le coupable qui l'implore
Est un fils égaré qui veut lui revenir.

Et quand ce fils se prosterne et supplie,
Le chœur des chérubins se met à l'unisson :
« Voyez ! dit-il, le pécheur prie ;
« Entonnons l'hymne du pardon. »

Don sublime ! Sainte prière !
Toi qui te fais entendre à toute heure, en tous lieux ;
Lien du ciel avec la terre,
Quelle âme n'a senti ton charme précieux ?

Qu'es-tu, sinon la voix de l'innocence,
Le regard du pécheur élevé vers les cieux,
Le cri de la reconnaissance,
Ou le soupir du malheureux ?

84. LA BREBIS.

Anecdote de L. DE JUSSIEU.

Je passais récemment dans un obscur canton,
        Où l'on m'a conté pour notoire
Ce petit fait touchant qui rappelle l'histoire
        De la vache de Fénélon.
        Un prélat, homme simple et bon,
Respecté, mais surtout chéri dans son domaine,
En se rendant un jour à la ville prochaine,
Rencontra sur sa route un beau petit garçon
        Qui lui parut en grande peine.
Il allait tristement du coteau vers la plaine,
        Guidant son modeste troupeau,
    Et caressait en pleurant un agneau.
«Pauvre agneau, disait-il, tu n'auras plus de mère;
        «Elle est perdue au fond du bois;
        «Hélas! ma brebis la plus chère
        «Aujourd'hui n'entend plus ma voix.
«Oh! quand je vais rentrer, quel chagrin pour mon père!»
        Le prélat s'était arrêté;
        Et tandis qu'à sa plainte amère
L'enfant s'abandonnait, il l'avait écouté.
    «Pauvre petit, dit-il avec bonté;
        «Tu retournes à ta chaumière :
        «Si tu n'y trouvais plus ta mère,
«Dis-moi, que ferais-tu? — Je pousserais des cris.
«— Et tes cris, mon enfant, pourraient-ils te la rendre?
        «— Si ma mère pouvait m'entendre,
        «Elle accourrait près de son fils.

«— Tu le crois ; hé bien donc ! cela devrait t'apprendre
«Par quel moyen tu peux ramener ta brebis. »
   Sur le prélat le petit pâtre
   D'abord jette un regard surpris ;
   Puis tout à coup il a compris :
   Il saisit son agneau folâtre,
  Contre son sein le presse doucement,
Et le force à pousser un triste bêlement.
   Deux ou trois fois il renouvelle
   Cette épreuve, quoique à regret,
   Et voila que, dans la forêt,
   On entend la brebis qui bêle.
   Le petit de nouveau l'appelle,
Et la pauvre brebis, aux cris de son agneau,
Comme une tendre mère inquiète et fidèle,
   Accourt rejoindre le troupeau.

85. L'ANGE ET L'ENFANT.

Élégie de J. Reboul.

Un ange au radieux visage,
Penché sur le bord d'un berceau,
Semblait contempler son image,
Comme dans l'onde d'un ruisseau.

«Charmant enfant qui me ressemble,
«Disait-il, oh ! viens avec moi !
«Viens, nous serons heureux ensemble ;
«La terre est indigne de toi.

« Là, jamais entière allégresse :
« L'âme y souffre de ses plaisirs;
« Les cris de joie ont leur tristesse,
« Et les voluptés leurs soupirs.

« La crainte est de toutes les fêtes ;
« Jamais un jour calme et serein
« Du choc ténébreux des tempêtes
« N'a garanti le lendemain.

« Eh quoi ! les chagrins, les alarmes
« Viendraient troubler ce front si 'pur !
« Et par l'amertume des larmes
« Se terniraient ces yeux d'azur !

« Non, non, dans les champs de l'espace
« Avec moi tu vas t'envoler ;
« La Providence te fait grâce
« Des jours que tu devais couler.

« Que personne dans ta demeure
« N'obscurcisse ses vêtements ;[1]
« Qu'on accueille ta dernière heure
« Ainsi que tes premiers moments.

« Que les fronts y soient sans nuage,
« Que rien n'y révèle un tombeau ;
« Quand on est pur comme à ton âge,
« Le dernier jour est le plus beau. »

---

1. Ne porte le deuil.

Et, secouant ses blanches ailes,
L'ange, à ces mots, a pris l'essor
Vers les demeures éternelles ....
Pauvre mère !.... ton fils est mort !

86. LE CHANT DES OISEAUX.
Poésie d'A. de Clésieux.

Chantez, chantez, petits oiseaux,
Balancez-vous sur ce vieux hêtre
Qui laisse pendre a ma fenêtre
Ses mélancoliques rameaux.
Chantez, votre voix est si pure !
Le silence ensuite est si frais !
Chantez avec l'eau qui murmure,
Avec le vent qui dort auprès

Chantez à la riante aurore
Qui se baigne au milieu des flots,
A la brise qui vient d'éclore
Dans la voile des matelots :
Chantez, votre voix est si tendre,
Vos accords sont si mélodieux !
Mon cœur sourit a les entendre
Comme un écho lointain des cieux.

Mon cœur vous aime et vous écoute,
Il retient ce charme qui fuit,
Comme une fleur qui, goutte à goutte,
Épanche les pleurs de la nuit !

Eh ! n'est-ce pas à la nature
Un accent plus doux, plus serein ?
N'est-ce pas une voix plus pure,
Pour chanter son hymne divin.

Chantez, chantez, petits oiseaux
Balancez-vous sur ce vieux hêtre
Qui laisse pendre à ma fenêtre
Ses mélancoliques rameaux ;
Chantez, votre voix est si pure !
Le silence ensuite est si frais !
Chantez avec l'eau qui murmure,
Avec le vent qui dort auprès.

87. LA CHUTE DES FEUILLES.

Élégie de Millevoye.

De la dépouille de nos bois
L'automne avait jonché la terre ;
Le bocage était sans mystère,
Le rossignol était sans voix.
Triste, et mourant à son aurore,
Un jeune malade, à pas lents,
Parcourait une fois encore
Le bois cher à ses premiers ans.
«Bois que j'aime, adieu... je succombe ;
Votre deuil me prédit mon sort,
Et dans chaque feuille qui tombe
Je vois un présage de mort.

Fatal oracle d'Épidaure,[1]
Tu m'as dit : «Les feuilles des bois
«A tes yeux jauniront encore,
«Mais c'est pour la dernière fois.
«L'éternel cyprès t'environne :
«Plus pâle que la pâle automne,
«Tu t'inclines vers le tombeau.
«Ta jeunesse sera flétrie
«Avant l'herbe de la prairie,
«Avant les pampres du coteau.»
Et je meurs!... De leur froide haleine
M'ont touché les sombres autans :[2]
Et j'ai vu comme une ombre vaine
S'évanouir mon beau printemps.
Tombe, tombe, feuille éphémère!
Voile aux yeux ce triste chemin;
Cache au désespoir de ma mère
La place où je serai demain.»
Il dit, s'éloigne... et sans retour!
La dernière feuille qui tombe
A signalé son dernier jour.
Sous le chêne on creusa sa tombe...

88. LE MONT SAINT-BERNARD.
Poésie élégiaque de CHÊNEDOLLÉ.

La neige, au loin accumulée,
En torrents épaissis tombe du haut des airs,
Et, sans relâche amoncelée,
Couvre du Saint-Bernard les vieux sommets déserts.

---

1. Il y avait à Épidaure un temple d'Esculape, dieu de la médecine :
Un oracle d'Épidaure est une sentence prononcée par les médecins.
2. Vent du midi, vent violent.

Plus de route : tout est barrière.
L'ombre accourt; et déja, pour la dernière fois,
Sur la cime inhospitalière,
Dans les vents de la nuit l'aigle a jeté sa voix.

A ce cri d'effroyable augure,
Le voyageur transi n'ose plus faire un pas;
Mourant et vaincu de froidure,
Au bord d'un précipice il attend le trépas.

Là, dans sa dernière pensée,
Il songe à son épouse, il songe à ses enfants;
Sur sa couche affreuse et glacée,
Cette image a doublé l'horreur de ses tourments.

C'en est fait, son heure dernière
Se mesure pour lui dans ces terribles lieux,
Et, chargeant sa froide paupière,
Un funeste sommeil déjà cherche ses yeux.

Soudain, ô surprise ! ô merveille !
D'une cloche il a cru reconnaître le bruit.
Le bruit augmente à son oreille :
Une clarté subite a brillé dans la nuit.

Tandis qu'avec peine il écoute,
A travers la tempête un autre bruit s'entend :
Un chien jappe, et s'ouvrant la route,
Suivi d'un solitaire, approche au même instant.

Le chien, en aboyant de joie,
Frappe du voyageur les regards éperdus :
La mort laisse échapper sa proie,
Et la charité compte un miracle de plus.

89. LA FRANCE.

Poésie patriotique.

Qui la méconnaîtrait cette terre sacrée,
Si chère à la valeur, des beaux-arts honorée,
Qu'un rayon du soleil, un seul cri des combats,
Couvre soudain de fleurs, de fruits et de soldats;
Qui, pareille a l'épi, courbé par la tempête,
Au premier vent propice a relevé sa tête,
Riche encore, et portant dans ses vertes prisons
Le grain, fécond espoir de nouvelles moissons?
Oh! la connaissez-vous cette terre sacrée,
Constant amour du ciel, et par ses soins parée,
Où l'air est bienfaisant, le sol prodigue et sûr,
Où dans leurs lits nombreux, roulent des flots d'azur[1]
Dont le fils exilé, tressaille au nom de France,
Où jamais ne périt une noble espérance,
Où la perte d'un an se répare en un jour,
Tant la fortune absente y presse son retour,
Mon pays!... Étrangers, qu'il appelle à ses fêtes,
Venez-y contempler de paisibles conquêtes!
Venez, et dites-nous quels travaux orgueilleux
Balancent de nos arts, les produits merveilleux!
Parlez, dans vos climats, quelle active industrie
Peut surpasser, que dis-je! égaler ma patrie?
Qui de vous ne l'admire, et quel cœur si mal fait
Peut l'aborder sans joie, ou la fuir sans regret?

---

1. Les vagues.

90. HYMNE A DIEU.

Poésie religieuse de Mme Sasserno.

Montez, montez à Dieu, douces voix de la terre,
Et bénissez le nom de l'Être universel,
Que la plaine et les monts, les flots et la lumière
   Proclament le seul Éternel !
O mer, en bondissant, dis son nom aux rivages ;
Vents, enseignez ce nom à la cime des bois ;
Et vous, foudres, parlez, dites-le, noirs orages ;
   O nature, élève ta voix !
   Élève ta voix dès l'aurore,
   Que tout s'anime pour bénir,
   Et que le soir entende encore
   L'hymne qui ne doit point finir.
   Toute voix est une prière
   Qui chante la gloire de Dieu :
   L'accord de la nature entière
   Jusques à lui, de sphère en sphère,
   Remonte l'échelle de feu.

Les astres dans leur cours révèlent sa puissance,
Le murmure des mers est un hymne éternel ;
Cantique universel qui toujours recommence
   Depuis la terre jusqu'au ciel.
Lorsqu'une voix finit, une autre voix s'élève ;
La nuit chante sa gloire en mots mystérieux,
Le jour dit sa splendeur, et les monts à la grève
   Ce nom qui fait trembler les cieux !

Oui, le sein des fleurs est une urne
D'où s'exhale un pieux encens;
L'oiseau dans son hymne nocturne
Au ciel élève ses accents;
Les chants, les parfums, le murmure,
Tout ce qui vit, palpite, ou sent;
Flots d'êtres, créés sans mesure,
Bruissement de la nature,
Est un hommage au Tout-Puissant.

Mais de tous ces accords celui que Dieu préfère,
Homme! oui, c'est le cri que ton cœur a jeté
Aux pieds de Jéhovah quand ta voix dit : *Mon Père!*

91. L'ÉCOLIER.

Fable de M.me DESBORDES-VALMORE.

Un tout petit enfant s'en allait a l'école.
On avait dit : Allez! .... Il tâchait d'obéir;
Mais son livre était lourd, il ne pouvait courir.
Il pleure, et suit des yeux une abeille qui vole.
«Abeille, lui dit-il, voulez-vous me parler?
«Moi, je vais à l'école : il faut apprendre à lire;
«Mais le maître est tout noir, et je n'ose pas rire :
«Voulez-vous rire, abeille, et m'apprendre à voler?
« — Non, dit-elle, j'arrive et je suis très-pressée.
«J'avais froid : l'aquilon[1] m'a longtemps oppressée :
«Enfin, j'ai vu les fleurs; je redescends du ciel,
«Et je vais commencer mon doux rayon de miel.

1. Vent du nord.

«Voyez! j'en ai déjà puisé dans quatre roses ;
«Avant une heure encor nous en aurons d'écloses.
«Vite, vite à la ruche! on ne rit pas toujours :
«C'est pour faire le miel qu'on nous rend les beaux jours.»
Elle fuit et se perd sur la route embaumée.
Le frais lilas sortait d'un vieux mur entr'ouvert ;
Il saluait l'aurore, et l'aurore charmée
Se montrait sans nuage et riait de l'hiver.

Une hirondelle passe : elle effleure la joue
Du petit nonchalant qui s'attriste et qui joue ;
Et dans l'air suspendue, en redoublant sa voix,
Fait tressaillir l'écho qui dort au fond des bois.
«Oh! bonjour! dit l'enfant, qui se souvenait d'elle ;
«Je t'ai vue à l'automne ; oh! bonjour, hirondelle!
«Viens! tu portais bonheur à la maison, et moi
«Je voudrais du bonheur. Veux-tu m'en donner, toi?
«Jouons.» — «Je le voudrais, répond la voyageuse,
«Car je respire à peine, et je me sens joyeuse.
«Mais j'ai beaucoup d'amis qui doutent du printemps.
«Ils rêveraient ma mort si je tardais longtemps.
«Non, je ne puis jouer. Pour finir leur souffrance,
«J'emporte un brin de mousse en signe d'espérance.
«Nous allons relever nos palais dégarnis :[1]
«L'herbe croît, c'est l'instant de préparer nos nids.
«J'ai tout vu. Maintenant, fidèle messagère,
«Je vais chercher mes sœurs, là-bas sur le chemin.
«Ainsi que nous, enfant, la vie est passagère ;
«Il faut en profiter. Je me sauve .... A demain !»

---

1. Nos nids.

L'enfant reste muet; et, la tête baissée,
Rêve et compte ses pas pour tromper son ennui,
Quand le livre importun, dont sa main est lassée,
Rompt ses fragiles nœuds et tombe auprès de lui.

Un dogue l'observait du seuil de sa demeure.
Stentor, gardien sévère et prudent à la fois,
De peur de l'effrayer retient sa grosse voix.
Hélas! peut-on crier contre un enfant qui pleure?
«Bon dogue, voulez-vous que je m'approche un peu?
«Dit l'écolier plaintif. Je n'aime pas mon livre :
«Voyez! ma main est rouge; il en est cause. Au jeu
«Rien ne fatigue, on rit; et moi, je voudrais vivre
«Sans aller à l'école, où l'on tremble toujours.
«Je m'en plains tous les soirs, et j'y vais tous les jours ;
«J'en suis très-mécontent. Je n'aime aucune affaire.
«Le sort des chiens me plaît, car ils n'ont rien à faire.
«— Écolier! voyez-vous ce laboureur aux champs?
«Eh bien! ce laboureur, dit Stentor, c'est mon maître.
«Il est très-vigilant; je le suis plus, peut-être.
«Il dort la nuit, et moi j'écarte les méchants.
«J'éveille aussi ce bœuf qui, d'un pied lent, mais ferme,
«Va creuser les sillons quand je garde la ferme.
«Pour vous-même on travaille; et, grâce à vos brebis,
«Votre mère, en chantant, vous file des habits.
«Par le travail tout plaît, tout s'unit, tout s'arrange.
«Allez donc a l'école; allez, mon petit ange!
«Les chiens ne lisent pas; mais la chaîne est pour eux :
«L'ignorance toujours mène à la servitude :
«L'homme est fin, l'homme est sage, il nous défend l'étude;
«Enfant, vous serez homme et vous serez heureux.

«Les chiens vous serviront.» L'enfant l'écouta dire,
Et même, il le baisa. Son livre était moins lourd.
En quittant le bon dogue il pense, il marche, il court.
L'espoir d'être homme un jour lui ramène un sourire.
A l'école, un peu tard, il arrive gaîment,
Et dans le mois des fruits il lisait couramment.

92. LE SONGE DU BUCHERON.

Conte de **L. DE JUSSIEU.**

En revenant du bois, un bon vieux bûcheron,
    Près d'une petite rivière,
    A deux cents pas de sa chaumière,
    S'étendit sur un vert gazon.
Il avait déposé son faix et sa cognée;
    Et là, bien fatigué, bien las,
En cherchant le repos, il commença tout bas
A récapituler sa pauvre destinée.
    «Voilà, dit-il, j'ai soixante ans,
    «J'ai travaillé toute ma vie :
«Usé par le labeur, mon corps sans énergie
    «Se courbe, et mes cheveux sont blancs.
«Hélas ! je n'en ai pas acquis plus de richesse;
    «Mais j'ai vu grandir mes enfants,
«Et je serais heureux, si d'un peu de bon temps
«Le ciel favorisait les jours de ma vieillesse.»
Tout en disant ces mots, son front s'appesantit,
    Et le vieux Simon s'endormit.

A peine le sommeil eut fermé sa paupière,
    Qu'il crut voir un petit bateau,
Conduit par un pêcheur, quitter le bord de l'eau
Et, pour venir a lui, traverser la rivière.
Bientôt, dans ce pêcheur, le pauvre bûcheron
    A reconnu son saint patron.
Alors tout en rêvant, par trois fois il se signe :
    «Qui peut, dit-il, grand Saint-Simon,
«Qui peut me procurer cette faveur insigne?
    « — Écoute, répond le pêcheur;
    «J'apporte un céleste message :
«Le travail jusqu'ici dut être ton partage;
«Tu t'es, sans murmurer, soumis à sa rigueur;
    «Hé bien! apprends donc que d'avance
    «Le ciel à ton obéissance,
    «A ton courage, à ton ardeur,
    «Préparait une récompense.
«Au repos bien acquis livre-toi désormais;
«Deux anges prendront soin de ta douce existence.
«Tu vas, en t'éveillant, en avoir l'assurance;
    «Tu n'emporteras pas ton faix. »
A ces mots, le bateau s'éloigna de la rive
    Et disparut en un moment,
    Comme une vapeur fugitive
    Que dissipe un souffle du vent.
Le bûcheron s'éveille, il regarde, il s'étonne :
Près de lui, le gazon est parsemé de fleurs;
On a mis sur son front une verte couronne;
Et pour le garantir des brûlantes chaleurs,
    Un petit berceau de feuillage
Est formé sur sa tête et la couvre d'ombrage.

Il n'aperçoit plus son fardeau ;
Mais il trouve, a la place, une fraîche corbeille
Renfermant quelques fruits, un flacon, un gâteau.
    «Quoi donc! est-il vrai que je veille?»
    Dit-il, en se frottant les yeux ;
      «Ah! ceci n'est plus un mensonge,
      «Et je comprends le sens du songe
      «Qui me fut envoyé des cieux.
«Mes enfants! mes enfants! mon Tony, ma Justine,
«Vous êtes ces appuis que le ciel me destine :
«Je vous ai reconnus .... Ah! ne vous cachez pas,
     «Votre père vous tend les bras.»
Derrière un vaste chêne, et la sœur et le frère
S'étaient blottis tous deux, et tous deux, tendrement,
Observaient du vieillard le doux étonnement.
Ils volent, à sa voix, sur le sein de leur père :
«Mon père, dit Tony, vous n'irez plus au bois,
«Votre absence aujourd'hui nous était trop cruelle,
«Nous avons craint pour vous! Je suis fort, j'ai du zèle,
«Et je puis travailler, à moi seul, pour nous trois.
    « — Oh! oui, dit Justine attendrie,
    «Vos deux enfants vous serviront.
«Il faut vous reposer. Promettez, je vous prie,
    «Qu'ils ne verront plus, de ce front,
    «Couler la sueur que j'essuie.»
Le bûcheron ému la pressa sur son cœur ;
    Puis, pour regagner la chaumière,
La jeune fille offrit un bras à son vieux père ;
    Tandis que Tony, plein d'ardeur,
Marchait devant, heureux et fier de sa journée
    Portant le faix et la cognée.

95. LE DÉPART DU PETIT SAVOYARD.

Poésie élégiaque de Guiraud.

Pauvre petit, pars pour la France.
Que te sert mon amour? Je ne possède rien.
On vit heureux, ailleurs; ici, dans la souffrance.
Pars, mon enfant, c'est pour ton bien.

Tant que mon lait put te suffire,
Tant qu'un travail utile à mes bras fut permis,
Heureuse et délassée, en te voyant sourire,
Jamais on n'eût osé me dire :
Renonce aux baisers de ton fils.

Mais je suis veuve; on perd sa force avec la joie.
Triste et malade, où recourir ici?
Où mendier pour toi? chez des pauvres aussi!
Laisse ta pauvre mère, enfant de la Savoie;
Va, mon enfant, où Dieu t'envoie.

Mais si loin que tu sois, pense au foyer absent,
Avant de le quitter, viens, qu'il nous réunisse.
Une mère bénit son fils en l'embrassant :
Mon fils, qu'un baiser te bénisse.

Vois-tu ce grand chêne, là-bas ?
Je pourrai jusque-la t'accompagner, j'espère.
Quatre ans déjà passés, j'y conduisis ton père;
Mais lui, mon fils, ne revint pas.

Encor, s'il était là pour guider ton enfance,
Il m'en coûterait moins de t'éloigner de moi;
Mais tu n'as pas dix ans, et tu pars sans défense...
    Que je vais prier Dieu pour toi!...

Que feras-tu, mon fils, si Dieu ne te seconde?
Seul, parmi les méchants (car il en est au monde),
Sans ta mère, du moins, pour t'apprendre à souffrir...
Oh que n'ai-je du pain, mon fils, pour te nourrir!

Mais Dieu le veut ainsi: nous devons nous soumettre;
    Ne pleure pas en me quittant;
Porte au seuil des palais un visage content.
Parfois mon souvenir t'affligera peut-être...
Pour distraire le riche il faut chanter pourtant.

Chante, tant que la vie est pour toi moins amère;
Enfant, prends ta marmotte et ton léger trousseau.
Répète, en cheminant les chansons de ta mère,
Quand ta mère chantait autour de ton berceau.

Si ma force première encor m'était donnée,
J'irais, te conduisant moi-même par la main,
Mais je n'atteindrais pas la troisième journée;
Il faudrait me laisser bientôt sur ton chemin :
Et moi je veux mourir aux lieux où je suis née.

Maintenant, de ta mère entends le dernier vœu:
Souviens-toi, si tu veux que Dieu ne t'abandonne,
Que le seul bien du pauvre est le peu qu'on lui donne.
Prie, et demande au riche : il donne au nom de Dieu.
Ton père le disait; sois plus heureux: adieu.

Mais le soleil tombait des montagnes prochaines,
Et la mère avait dit : Il faut nous séparer ;
Et l'enfant s'en allait à travers les grands chênes,
Se tournant quelquefois, et n'osant pas pleurer.

94. LE RETOUR DU PETIT SAVOYARD.

Poésie élégiaque de GUIRAUD.

Avec leurs grands sommets, leurs glaces éternelles ,
Par un soleil d'été, que les Alpes sont belles!
Tout dans leurs frais vallons sert a nous enchanter,
La verdure, les eaux, les bois, les fleurs nouvelles.
Heureux qui sur ces bords peut longtemps s'arrêter!
Heureux qui les revoit, s'il a pu les quitter!

Quel est ce voyageur que l'été leur renvoie,
Seul, loin dans la vallée, un bâton à la main?
C'est un enfant; il marche, il suit le long chemin
      Qui va de France à la Savoie.

Bientôt de la colline il prend l'étroit sentier :
Il a mis ce matin la bure du dimanche,
      Et dans son sac de toile blanche
Est un pain de froment qu'il garde tout entier.

Pourquoi tant se hâter à sa course dernière?
C'est que le pauvre enfant veut gravir le coteau ,
Et ne point s'arrêter qu'il n'ait vu son hameau ,
      Et n'ait reconnu sa chaumière.

Les voilà!... tels encor qu'il les a vus toujours,
Ces grands bois, ce ruisseau qui fuit sous le feuillage;
Il ne se souvient plus qu'il a marché dix jours;
    Il est si près de son village!

Tout joyeux il arrive, et regarde... Mais quoi!
Personne ne l'attend! sa chaumière est fermée!
Pourtant du toit aigu sort un peu de fumée,
Et l'enfant plein de trouble : «Ouvrez, dit-il, c'est moi.»

La porte cède; il entre : et sa mère attendrie,
Sa mère, qu'un long mal près du foyer retient,
Se relève à moitié, tend les bras et s'écrie :
    «N'est-ce pas mon fils qui revient?»

Son fils est dans ses bras, qui pleure et qui l'appelle ·
«Je suis infirme, hélas! Dieu m'afflige, dit-elle;
«Et depuis quelques jours je te l'ai fait savoir,
«Car je ne voulais pas mourir sans te revoir.»

Mais lui : «De votre enfant vous étiez éloignée,
«Le voilà qui revient; ayez des jours contents;
«Vivez : je suis grandi, vous serez bien soignée;
    «Nous sommes riches pour longtemps.»

Et les mains de l'enfant, des siennes détachées,
Jetaient sur ses genoux tout ce qu'il possédait,
Les trois pièces d'argent dans sa veste cachées,
Et le pain de froment que pour elle il gardait.

Sa mère l'embrassait et respirait à peine:
Et son œil se fixait, de larmes obscurci,
    Sur un grand crucifix de chêne
Suspendu devant elle et par le temps noirci.

« C'est lui, je le savais, le Dieu des pauvres mères
« Et des petits enfants, qui du mien a pris soin ;
« Lui, qui me consolait quand mes plaintes amères
 « Appelaient mon fils de si loin.

« C'est le Christ du foyer que les mères implorent,
« Qui sauve nos enfants du froid et de la faim.
« Nous gardons nos agneaux, et les loups les dévorent ;
« Nos fils s'en vont tout seuls ... et reviennent enfin.

« Toi, mon fils, maintenant me seras-tu fidèle ?
« Ta pauvre mère infirme a besoin de secours ;
« Elle mourrait sans toi. » L'enfant, à ce discours,
Grave et joignant ses mains, tombe à genoux près d'elle,
Disant : « Que le bon Dieu vous fasse de longs jours ! »

95. MERCI !

Poésie élégiaque de H. BLANVALET.

Merci, mon Dieu ! merci, ma mère est moins souffrante,
Son front, pour s'endormir, tombe sur l'oreiller,
Ses traits sont plus sereins, sa main est moins brûlante,
Doucement, doucement pour ne pas l'éveiller.

Oh ! que le ciel est noir, oh ! que la nuit est sombre !
On ne voit nulle étoile éclairer dans les airs ;
La neige de nos monts seule blanchit dans l'ombre,
Ainsi qu'un pâle esquif égaré sur les mers.

Le vitreau bat, le vent passe dans les ténèbres ;
Il se brise et gémit aux coins aigus des toits.
On dirait qu'on entend rouler des voix funèbres
Qui s'appellent au loin et cherchent d'autres voix.

Oh ! que la nuit est triste, hélas ! et solitaire
Je demeure a veiller près d'un lit de douleur,
Je demeure à veiller près du lit de ma mère,
Oh ! que le ciel est sombre, et que la nuit fait peur !

Je devine parfois dans l'angle qui grisonne
Une forme sans nom qui semble se mouvoir,
Et je tremble et j'ai froid, j'ai bien froid, je frissonne,
Mais l'âtre est tout humide, et le foyer tout noir.

Car le bon Dieu m'a fait enfant de la misère,
Et ma mère est malade, et mon père est aux cieux ;
Et l'on n'a pas d'amis quand on n'a pas de père,
Qu'on est triste et qu'on a des larmes dans les yeux.

Bonne mère ! elle dort : ah ! que puisse un beau songe
Te prendre sous son aile et réjouir ton cœur !
Quelque rêve bien doux, et si c'est un mensonge,
Qu'importe ! c'est toujours un instant de bonheur.

Oh ! j'aime bien rêver ! Mais que le ciel est sombre !
La neige de nos monts a perdu sa lueur ;
Le vitreau bat plus fort, le vent gémit dans l'ombre,
Oh ! que la nuit est froide, et que le vent fait peur !

Que ton visage est blanc, mère, petite mère !
Ta paupière à demi laisse entrevoir tes yeux ;
A peine entends-je encor ton haleine légère :
C'est que la fièvre passe et que ma mère est mieux.

Toi qui n'as mis qu'un ciel par-dessus la nature,
Toi qui n'as qu'un soleil pour éclairer nos pas,
Toi qui n'as qu'un amour pour toute créature,
Toi qui ne penses pas comme on pense ici-bas,

Toi qui nourris la fleur qui s'étale et scintille,
Toi qui nourris la fleur qui dort dans la forêt,
Toi qui du haut des cieux entends la pauvre fille,
Toi qui pèses les pleurs qu'elle verse en secret;

Mon Dieu! tu savais bien qu'il me faut une mère,
Que je suis jeune encor, que mon père est vers toi,
Et qu'il est triste, hélas! d'être ainsi sur la terre
Seule, seule, et mon Dieu! tu pris pitié de moi.

Aie pitié de ma mère, et tu lui rends la vie;
Et ta main doucement apaise ses douleurs;
Je ne suis qu'un enfant, je ne sais comme on prie,
Mais mon cœur est tout plein, et tu connais les cœurs.

La nuit sur la campagne épaississait son ombre,
Aux coins aigus des toits le vent venait gémir,
Et tout était muet sous l'alcove plus sombre, ...
Et ma mère était morte au lieu de s'endormir.

96. LE PREMIER JOUR DE L'AN.
Poésie d'A. DE LAMARTINE.

Combien de fois déja les ai-je vus renaître
Ces ans si prompts à fuir, si prompts à revenir?
Combien en compterai-je encore? Un seul, peut-être;
Plus le passé fut plein, plus vide est l'avenir.

    Les heures s'éloignent et glissent
    Comme des pieds sur les gazons,
    Sans que leurs bruits nous avertissent
    Des pas nombreux que nous faisons.

Mais celle où l'année accomplie
Jusqu'au cœur léger qui l'oublie
Porte le murmure et l'effroi,
Frémit pourtant à notre oreille,
Et loin de l'homme qu'elle éveille
S'envole et lui dit : Compte-moi !
Compte-moi ! car Dieu m'a comptée
Pour sa gloire et pour ton bonheur !
Compte-moi ! je te fus prêtée,
Et tu me devras au Seigneur !
Compte-moi ! car l'heure sonnée
Emporte avec elle une année,
En amène une autre demain !
Compte-moi ! car le temps me presse !
Compte-moi ! car je fuis sans cesse
Et ne reviens jamais en vain !

Seigneur ! père des temps, maître des destinées !
Qui comptes comme un jour nos mille et mille années,
Et qui vois du sommet de ton éternité
Les jours qui ne sont plus, ceux qui n'ont pas été !
Tu sais d'un seul regard, avant qu'il ait eu l'être,
Quel fruit porte en son sein le siècle qui va naître !
Que m'apporte, ô mon Dieu ! dans ses douteuses mains,
Ce temps qui fait l'espoir ou l'effroi des humains ?
A mes jours mélangés cette année ajoutée
Par la grâce et l'amour a-t-elle été comptée ?
Faut-il la saluer comme un présent de toi,
Ou lui dire en tremblant : Passe et fuis loin de moi !

97. LE DERNIER JOUR DE L'ANNÉE.

Poésie de Mme A. Tastu.

Déjà la rapide journée
Fait place aux heures du sommeil,
Et du dernier fils de l'année
S'est enfui le dernier soleil.
Près du foyer, seule, inactive,
Livrée aux souvenirs puissants,
Ma pensée erre, fugitive,
Des jours passés aux jours présents.
Ma vue, au hasard arrêtée,
Longtemps de la flamme agitée
Suit les caprices éclatants,
Ou s'attache à l'acier mobile[1]
Qui compte sur l'émail fragile[2]
Les pas silencieux du temps.
Un pas encore, encore une heure,
Et l'année aura sans retour
Atteint sa dernière demeure ;
L'aiguille aura fini son tour.
Pourquoi, de mon regard avide,
La poursuivre ainsi tristement,
Quand je ne puis d'un seul moment
Retarder sa marche rapide ?
Du temps qui vient de s'écouler,
Si quelques jours pouvaient renaître,
Il n'en est pas un seul, peut-être,
Que ma voix daignât rappeler !

---

1. L'aiguille d'une montre.
2. Le cadran.

Mais des ans la fuite m'étonne ;
Leurs adieux oppressent mon cœur ;
Je dis : c'est encore une fleur
Que l'âge enlève à ma couronne,
Et livre au torrent destructeur ;
C'est une ombre ajoutée à l'ombre
Qui déja s'étend sur mes jours ;
Un printemps retranché du nombre
De ceux dont je verrai le cours !
Écoutons !... Le timbre sonore
Lentement frémit douze fois ;
Il se tait.... Je l'écoute encore,
Et l'année expire à sa voix.
C'en est fait ; en vain je l'appelle,
Adieu !... Salut, sa sœur nouvelle,
Salut ! quels dons chargent ta main ?
Quel bien nous apporte ton aile ?
Quels beaux jours dorment dans ton sein ?
Que dis-je ! a mon âme tremblante
Ne révèle point tes secrets :
D'espoir, de jeunesse, d'attraits
Aujourd'hui tu parais brillante,
Et ta course insensible et lente
Peut-être amène les regrets !
Ainsi chaque soleil se lève
Témoin de nos vœux insensés ;
Ainsi toujours son cours s'achève,
En entraînant, comme un vain rêve,
Nos vœux déçus et dispersés.
Mais l'espérance fantastique,
Répandant sa clarté magique

Dans la nuit du sombre avenir,
Nous guide d'année en année,
Jusqu'à l'aurore fortunée
Du jour qui ne doit pas finir.

98. TROIS JOURS DE CHRISTOPHE COLOMB.
Ballade de Casimir Delavigne.

«En Europe! en Europe! — Espérez! — Plus d'espoir!
« — Trois jours, leur dit Colomb, et je vous donne un monde. »
Et son doigt le montrait, et son œil, pour le voir,
Perçait de l'horizon l'immensité profonde.
Il marche, et des trois jours le premier jour a lui;
Il marche, et l'horizon recule devant lui;
Il marche, et le jour baisse. Avec l'azur de l'onde
L'azur d'un ciel sans borne à ses yeux se confond.
Il marche, il marche encore, et toujours; et la sonde
Plonge et replonge en vain dans une mer sans fond.

Le pilote, en silence, appuyé tristement
Sur la barre qui crie au milieu des ténèbres,
Écoute du roulis le sourd mugissement,
Et des mâts fatigués les craquements funèbres.
Les astres de l'Europe ont disparu des cieux;
L'ardente croix du Sud épouvante ses yeux.
Enfin l'aube attendue, et trop lente à paraître,
Blanchit le pavillon de sa douce clarté:
«Colomb! voici le jour! le jour vient de renaître!
« — Le jour! et que vois-tu? — Je vois l'immensité. »

Le second jour á fui. Que fait Colomb? Il dort;
La fatigue l'accable, et dans l'ombre on conspire.
«Périra-t-il? Aux voix! — La mort! — la mort! — la mort!
«Qu'il triomphe demain, ou, parjure, il expire.»
Les ingrats! Quoi! demain il aura pour tombeau
Les mers où son audace ouvre un chemin nouveau!
Et peut-être demain leurs flots impitoyables,
Le poussant vers ces bords que cherchait son regard,
Les lui feront toucher, en roulant sur les sables
L'aventurier Colomb, grand homme un jour plus tard!

Soudain du haut des mâts descendit une voix:
Terre! s'écriait-on, terre! terre!... Il s'éveille:
Il court: oui, la voilà, c'est elle, tu la vois.
La terre!... ô doux spectacle! ô transports! ô merveille!
O généreux sanglots qu'il ne peut retenir!
Que dira Ferdinand[1], l'Europe, l'avenir?
Il la donne à son roi cette terre féconde;
Son roi va le payer des maux qu'il a soufférts:
Des trésors, des honneurs en échange d'un monde,
Un trône, ah! c'était peu!... Que reçut-il? des fers!

99. LA FÊTE DE PAQUES.

Poésie religieuse.

Sous son manteau d'hiver naguère ensevelie,
La terre, s'éveillant au souffle du printemps,
Exhale vers le ciel, comme un pieux encens,
Les premiers parfums de la vie.

---

1. Roi d'Espagne.

Tout fleurit, tout renaît, tout est ressuscité ;
Les coteaux, les vallons reprennent leur parure,
        Tout répète dans la nature
        L'hymne de l'immortalité !

        Que ce chant de joie et de fête
        Remplisse aujourd'hui le saint lieu !
        La Pâque chrétienne s'apprête,
        Réveillez-vous, enfants de Dieu !
        Prenez la coupe des louanges,
        Venez redire avec les anges :
        Le Sauveur est ressuscité !
        Venez, bénissant sa mémoire,
        Faire retentir à sa gloire
        L'hymne de l'immortalité !

La cité de David dans l'ombre dort encore,
Non loin de Golgotha, quelques femmes en pleurs,
Dont les timides pas ont devancé l'aurore,
Portent sur un tombeau des parfums et des fleurs.

Pour qui ce deuil ? pour qui cette tristesse amère,
Et ce dernier tribut d'un douloureux amour ?
Femmes, qui pleurez-vous ? Est-ce un fils, est-ce un frère
Que vous allez revoir en son dernier séjour ?

Celui que noús pleurons, disent les saintes femmes,
C'est le maître chéri qui nous parlait du ciel ;
C'est Jésus, le Sauveur, l'ami divin des âmes,
        L'espérance d'Israël !

Jésus martyrisé par la haine cruelle,
Jésus chargé d'opprobre, abreuvé de douleurs,
Et dont le corps meurtri, de l'amitié fidèle
    N'a pas même reçu les pleurs !

Elles marchent ainsi vers l'enceinte sacrée,
Précipitant leurs pas, étouffant leurs sanglots,
Disant : « Qui lèvera la pierre de l'entrée,
    « Pour ouvrir le sépulcre clos ?»

    O terreur! la tombe est ouverte:
    La pierre pesante a roulé;
    La sombre demeure est déserte,
    Et le sceau des morts violé !
    Sans doute la haine envieuse,
    Dans ses fureurs ingénieuse,
    Vous ôte ce dernier bonheur;
    Et vers le ciel, troupe craintive,
    Vous criez d'une voix plaintive :
    « On nous a ravi le Seigneur !»

    Vous vous trompez, âmes fidèles,
    Vous vous trompez, ne pleurez pas,
    Ce ne sont pas des mains mortelles
    Qui lèvent les sceaux du trépas !
    Mais voici, le jour vient d'éclore,
    Saluez la troisième aurore,
    C'est Jésus encor qui vers vous
    Revient fidèle au rendez-vous.

Écoutez, c'est sa voix chérie,
La voix qui bénit et qui prie,
La voix qui vous a dit : Marie !
Tombez, tombez à ses genoux !

Maître, Maître, est-ce toi ? toi, qu'entre des infâmes
Ont cloué sur la croix les bourreaux triomphants ?
Toi, qui disais : sur moi ne pleurez pas, ô femmes,
Pleurez sur vous, sur vos enfants ?

Toi que nous avons vu, dans ta longue agonie,
D'une effroyable mort savourant tout le fiel,
Goutte à goutte épuiser ton sang avec ta vie,
Et remettre ton âme au ciel ?

Oh ! laisse-nous baiser tes saintes cicatrices !
Laisse-nous, de te voir, rassasier nos yeux ;
Laisse-nous, du martyr oubliant les supplices,
De l'immortalité contempler les prémices,
Et suivre dans le ciel ton essor glorieux !

Oui, c'est bien moi, pauvres âmes blessées,
Rassurez-vous, je viens vous consoler.
Pauvres brebis, sans pasteur dispersées,
Autour de moi, je viens vous rassembler
Auprès de vous, oui, je reviens encore,
Révélateur des secrets du tombeau,
D'un jour meilleur faire luire l'aurore,
Pour vous guider vers un monde plus beau !

Je vais bientôt retourner à mon père ;
Vous me suivrez par le même chemin.
Je suis toujours votre ami, votre frère ;
Toujours d'en haut, je vous tendrai la main.
Dans votre cœur où renaît l'espérance,
Je verserai la paix avec la joie,
Et quand pour vous viendra la délivrance,
Je vous prendrai pour toujours avec moi !

Salut au prince de la vie !
Salut au vainqueur de la mort !
A son triomphe il nous convie ;
Suivons-le dans un saint transport !
Que sa glorieuse lumière
Illumine notre carrière
De ses rayons consolateurs ;
Suivons-le, sa voix nous appelle,
Et vers la patrie éternelle
Dirige nos yeux et nos cœurs.

Oui nous voulons, ô divin Maître,
Te suivre du cœur et des yeux.
Nous aussi nous devons renaître,
Et te retrouver dans les cieux.
Mêlés aux célestes phalanges,
Nous irons, émules des anges,
Partager ton éternité ;
Et durant des jours sans mesure,
Répéter, comme la nature,
L'hymne de l'immortalité !

100. ATHALIE FT JOAS. [1]

Dialogue de Racine.

ATHALIE.

Comment voûs nommez-vous ?

JOAS.

J'ai nom Éliacin.

ATHALIE.

Votre père ?

JOAS.

Je suis, dit-on, un orphelin,
Entre les bras de Dieu jeté dès ma naissance,
Et qui de mes parents n'eus jamais connaissance.

ATHALIE.

Vous êtes sans parents ?

JOAS.

Ils m'ont abandonné.

ATHALIE.

Comment ? et depuis quand ?

JOAS.

Depuis que je suis né.

ATHALIE.

Ne sait-on pas au moins quel pays est le vôtre ?

---

1. Pour l'intelligence de ce joli dialogue on fera bien de raconter aux enfants l'histoire d'Athalie et du jeune Joas-Éliacin, d'après le second livre des *Rois*, chap. XI, et le second livre des *Chroniques*, chap. XXII et XXIII.

JOAS.

Ce temple est mon pays, je n'en connais point d'autre.

ATHALIE.

Où dit-on que le sort vous a fait rencontrer ?

JOAS.

Parmi des loups cruels, prêts à me dévorer.

ATHALIE.

Qui vous mit dans ce temple?

JOAS.

Une femme inconnue
Qui ne dit point son nom, et qu'on n'a point revue.

ATHALIE.

Mais de vos premiers ans quelles mains ont pris soin?

JOAS.

Dieu laissa-t-il jamais ses enfants au besoin?
Aux petits des oiseaux il donne leur pâture,
Et sa bonté s'étend sur toute la nature.
Tous les jours je l'invoque, et d'un soin paternel
Il me nourrit des dons offerts sur son autel.

ATHALIE.

.... Quel est tous les jours votre emploi?

JOAS.

J'adore le Seigneur. On m'explique sa loi.
Dans son livre divin on m'apprend à la lire;
Et déjà de ma main je commence à l'écrire.

ATHALIE.

Que vous dit cette loi?

JOAS.

Que Dieu veut être aimé;
Qu'il venge tôt ou tard son saint nom blasphémé;
Qu'il est le défenseur de l'orphelin timide;
Qu'il résiste au superbe, et punit l'homicide.

ATHALIE.

J'entends. Mais tout ce peuple, enfermé dans ce lieu,
A quoi s'occupe-t-il?

JOAS.

Il loue, il bénit Dieu.

ATHALIE.

Dieu veut-il qu'à toute heure on prie, on le contemple?

JOAS.

Tout profane exercice est banni de son temple.

ATHALIE.

Quels sont donc vos plaisirs?

JOAS.

Quelquefois à l'autel
Je présente au Grand-Prêtre ou l'encens ou le sel.
J'entends chanter de Dieu les grandeurs infinies;
Je vois l'ordre pompeux de ses cérémonies.

ATHALIE.

Hé quoi! vous n'avez point de passe-temps plus doux?
Je plains le triste sort d'un enfant tel que vous.
Venez dans mon palais, vous y verrez ma gloire.

JOAS.

Moi! des bienfaits de Dieu je perdrais la mémoire!

ATHALIE.

Non ; je ne vous veux pas contraindre à l'oublier.

JOAS.

Vous ne le priez point.

ATHALIE.

Vous pourrez le prier.

JOAS.

Je verrais cependant en invoquer un autre.

ATHALIE.

J'ai mon Dieu que je sers ; vous servirez le vôtre.
Ce sont deux puissants dieux.

JOAS.

Il faut craindre le mien,
Lui seul est Dieu, madame, et le vôtre n'est rien.

ATHALIE.

Les plaisirs près de moi vous chercheront en foule.

JOAS.

Le bonheur des méchants comme un torrent s'écoule.

TABLE DES MATIÈRES.

———